www.ingramcontent.com/pod-product-compliance
Lightning Source LLC
LaVergne TN
LVHW020442070526
838199LV00063B/4819
9789358729207

سفید آنچل

(افسانے)

احسان بن مجید

© Ehsaan bin Majeed

Safed Aanchal (Short Stories)

by: Ehsaan bin Majeed

Edition: April '2024

Publisher :

Taemeer Publications LLC (Michigan, USA / Hyderabad, India)

ISBN 978-93-5872-920-7

9 789358 729207

مصنف یاناشر کی پیشگی اجازت کے بغیر اس کتاب کا کوئی بھی حصہ کسی بھی شکل میں بشمول ویب سائٹ پر اَپ لوڈنگ کے لیے استعمال نہ کیا جائے۔ نیز اس کتاب پر کسی بھی قسم کے تنازع کو نمٹانے کا اختیار صرف حیدرآباد (تلنگانہ) کی عدلیہ کو ہو گا۔

© احسان بن مجید

کتاب	:	**سفید آنچل** (افسانے)
مصنف	:	**احسان بن مجید**
پروف ریڈنگ / تدوین	:	اعجاز عبید
صنف	:	فکشن
ناشر	:	تعمیر پبلی کیشنز (حیدرآباد، انڈیا)
سالِ اشاعت	:	۲۰۲۴ء
صفحات	:	۱۳۲
سرورق ڈیزائن	:	تعمیر ویب ڈیزائن

فہرست

(۱)	خود کفیل	6
(۲)	بابا	16
(۳)	بھابھی ماں	22
(۴)	آخری منی آرڈر	29
(۵)	ابا کی خاطر	37
(۶)	کم ظرف	45
(۷)	ماں کا سچ	51
(۸)	خون تمنا	58
(۹)	اپنی کلہاڑی اپنے پاؤں	63
(۱۰)	تیر واپس کمان میں	70
(۱۱)	پٹری سے اترتے ہوئے	81
(۱۲)	مجبور میں ہی نہیں	87
(۱۳)	کرسی پہ بیٹھی تنہائی	92
(۱۴)	سفید آنچل	120

خود کفیل

ائیر پورٹ سے گاڑی اس کو کمپنی کی رہائش گاہ تک لے گئی تھی۔ اس کو دیکھتے ہی وہاں پہلے سے موجود بہت سے لوگوں نے اس کے گرد ہالہ بنالیا تھا۔ یوں لگتا تھا جیسے وہ کوئی ماورائی مخلوق ہو یا جیسے کوئی چور پکڑا جائے۔ ان میں اکثر اس کے ہم وطن تھے جو اس سے مختلف النوع سوال کر رہے تھے، کچھ اس سے ڈاک خانہ ملانے کی فکر میں تھے کہ پردیس میں اپنے ملک کے علاوہ اپنے علاقہ کا آدمی مل جائے تو بڑا آسرا ہو جاتا ہے۔

رہائش گاہ کے انچارج سے ملاقات کے بعد اسے ایسے کمرے میں بھیج دیا گیا جس میں پہلے سے دو آدمی رہ رہے تھے۔ دونوں نے اس سے مصافحہ کیا اور اپنے پاس بٹھالیا۔ اس نے دیکھا خاصا بڑا کمرہ تھا، تین آدمی بہ آسانی رہ سکتے تھے۔ پھر اس کی نظر ایک خالی پلنگ اور اس کے ساتھ پڑے سائیڈ ٹیبل اور ایک بڑی آہنی الماری پر پڑی۔ تینوں چیزیں نئی تھیں لیکن پلنگ پر پڑے گدے کا جواب ہی نہیں تھا۔ اس نے سوچا یہ سارا انتظام کمپنی نے صرف اس کی خاطر کیا ہے۔ کمرے میں ائیر کنڈیشنر بھی لگا تھا اور ایک کونے میں فرج بھی رکھا تھا۔ اسے خیال آیا یہاں تو لوگ بڑی شاہانہ زندگی گذار رہے ہیں۔ دن بھر کی محنت کے بعد اگر رات آرام سے کٹ جائے تو انسان اگلے دن کی مشقت کے لئے تازہ ہو جاتا ہے۔ وہ جس ماحول سے آیا تھا وہاں ایسی کوئی چیز نہیں تھی۔ پلنگ کی جگہ بان کی چارپائی جس پر وہ اپنا تھکن سے چور جسم پھینکتا تو ایک الگ اذیت سے دوچار ہو جاتا لیکن

جانے اس اذیت میں بھی کیسی راحت تھی کہ لیٹتے ہی اسے اونگھ سی آجاتی۔ ائیر کنڈیشنر کا نام اس نے سن رکھا تھا لیکن دیکھا ایسے ہی نہیں تھا جیسے اس کے باپ دادا نے۔ اسے کچھ یاد پڑتا تھا کہ بچپن میں ماں اس کی شرارتوں سے تنگ آکر اس کی پیٹھ پر ایک چپت لگاتے ہوئے اسے دبوچ کر اپنے پہلو میں لٹا لیتی اور کائی کے پٹھوں سے بنی پنکھی اسے جھلاتی رہتی۔ ماں کے چپت سے اسے درد تھوڑی ہوتا تھا۔ وہ تو یونہی اسے ڈرانے کے لئے ایسا کرتی تھی۔ ماں یوں ہی اسے پنکھی جھلاتی رہتی اور وہ اس کی بغل میں شرارتیں کرتے ہوئے نیند کے پالنے میں چلا جاتا۔ اس وقت یہی پنکھی ائیر کنڈیشنر ہوا کرتی تھی۔ اس کی نظر فرج پر جا ٹکی تھی۔ اس نے یہ بھی سن رکھا تھا کہ فرج ایک مشین کا نام ہے جو پانی ٹھنڈا کرتی ہے لیکن پتہ نہیں ویسا ٹھنڈا ہوتا ہے کہ نہیں جیسا اس کے گھر میں کنویں کا ہے اور پھر اسے گھر میں گزارے کئی دن یاد آئے۔ اسے جب بھی پیاس لگتی ماں چلچلاتی دھوپ میں اس کے لئے کنویں سے پانی کا ڈول نکال لاتی، وہ کٹورا بھر کے پیتا اور کلیجہ ٹھنڈا کر لیتا۔ سائیڈ ٹیبل جیسی تو کوئی چیز اس کے گھر میں نہیں تھی اور بڑی الماری، یہ سوچ کر مسکراہٹ اس کے ہونٹوں تلے دب کر رہ گئی تھی۔ اس کے گھر میں ٹین کی چادر کے دو پرانے بکسے تھے جو شاید اس کی ماں جہیز میں لائی تھی، وہ بکسے کبھی تو نئے رہے ہوں گے۔

اس کے روم میٹ باتیں کرتے کرتے اچانک خاموش ہو کر اس کا منہ تکنے لگے تھے۔ ایک نے اس سے کوئی بات کہی جو اسے سمجھ نہیں آئی تھی، دوسرے نے ٹوٹی پھوٹی اردو میں کہا، یہ عربی بول رہا ہے تمہیں بھی مہینہ بھر میں آجائے گی لیکن یہ کوئی مسئلہ نہیں ہے انگریزی سے بھی کام چل جاتا ہے تم گھبرانا نہیں ورنہ پردیس کا ایک پل صدی بن جاتا ہے فی الحال تم اٹھو اور غسل کر لو پھر کھانا کھانے میس چلیں گے۔

انگریزی سے بھی کام چل جاتا ہے! اس نے سوچا، یہ واحد مضمون تھا جس کی وجہ

سے وہ دوبارہ آٹھویں میں فیل ہونے کے بعد ایک موٹر مکینک کے پاس کام سیکھنے لگ گیا تھا ار پھر دس سال میں اس نے کون سے گرم سرد نہیں دیکھے اور سہے تھے یہی وجہ تھی کہ وہ ہر قسم کی گاڑی کے انجن کا ماہر مکینک ہو گیا تھا اسی لئے استاد نے اس کو کہیں بھی کام کرنے کی اجازت دے دی تھی یوں ایک نیم سرکاری محکمے میں ملازمت کے لئے انٹرویو لیتے ہوئے صاحب نے اس سے ایک ہی سوال کیا تھا، آپ کس کس گاڑی کے انجن پر کام کر سکتے ہیں۔

تب اس نے کہا تھا صرف دو انجنوں پر کام کرنے کا موقع نہیں ملا، ایک ریل گاڑی کا اور دوسرا ہوائی جہاز کا! اس کے اس جواب سے خوش ہو کر صاحب نے اس کو ملازمت دے دی تھی۔ وہ تو اسے بعد میں پتہ چلا کہ صاحب کو سرکاری خرچ پر ایک ذاتی نوکر کی ضرورت تھی۔ وقت گذرنے کے ساتھ اس پر انکشاف بھی ہوا کہ دفتر کے لان میں کھڑی ایک سال سے خراب گاڑی بھی اسی محکمے کی ہے۔ یہ گاڑی جس میں اب پرندوں نے گھونسلے بنانے شروع کر دیئے تھے ٹھیک کیوں نہیں ہو سکی تھی۔ وہ اس پر چند لمحے سوچنے کے بعد خالی الذہن ہو گیا تھا۔ چند ماہ تک وہ صاحب کے بچوں کے بستے اٹھائے انہیں سکول چھوڑ آتا اور چھٹی کے وقت واپس لے آتا لیکن جب ہر ماہ اس کی تنخواہ سے پانچ سو روپے بغیر کسی وجہ کے کاٹ لئے جاتے تو اسے بڑا دکھ ہوتا۔ بالآخر تنگ آ کر اس نے نوکری چھوڑ دی لیکن اسے اپنی اس حماقت کا احساس اس وقت ہوا جب سات ماہ تک اسے کہیں بھی نوکری نہیں مل سکی تھی اور حالات دن بدن خراب ہو رہے تھے۔ ماں بھی اسی وجہ سے پریشان رہنے لگی تھی۔ آخر اس نے ملک سے باہر جانے کی ٹھان لی۔

وہ جوان تھا اور خوبصورت بھی، جب سے اس نے آئینے کے سامنے کھڑے ہو کر بال سنوارنا شروع کئے اور غفلت کی نیند سونے لگا ماں کی نیند اڑ گئی اور اگر کبھی رات کو

اس کی آنکھ لگ بھی جاتی تو آنکھ کھلتے ہی وہ سر اٹھا کر پہلے بیٹے کو دیکھتی۔ اتنی حفاظت تو لوگ بیٹیوں کی بھی نہیں کرتے لیکن وہ جانتی تھی کہ یتیم ایک بار بگڑ جائے تو کم ہی سدھرتا ہے۔ وہ تو خدا کا شکر ہوا کہ اس کا بیٹا آوارہ نہیں تھا ورنہ اپنی زندگی کے ساتھ اسے ایک اور عذاب پالنا پڑ جاتا۔ اس نے جب ماں کے سامنے باہر جانے کا اظہار کیا تھا تو جیسے ماں کی جان میں جان آگئی تھی۔ کون ماں ہوگی جو اپنے اکلوتے لخت جگر کو نظروں سے اوجھل کرنا چاہے گی مگر گاؤں کے خراب ماحول کے پیش نظر اس کے بیٹے کے لئے یہی بہتر تھا اور پھر اکیلا گھوڑا یہاں کتنا دوڑتا اور کتنی دھول اڑاتا، یہاں کی کمائی سے تو صرف پیٹ کے دوزخ کو ایندھن مہیا ہو سکتا تھا یا تن ڈھانپنے کا بندوبست ممکن تھا لیکن کچھ پس انداز کرنے کا تصور بھی محال تھا اور جب سے اس نے بیٹے کی مسیں کالی ہوتی دیکھ لی تھی تب سے اس کے من میں ایک خوبصورت سی خواہش چٹکیاں بھرنے لگی تھی اور ایک سوہنا سا چہرہ اس کے شعور میں بس کر رہ گیا تھا۔ بیٹا باہر جائے گا تو اس کی دلی مراد بر آئے گی۔ اس کی ماں نے کچھ دنوں سے سوچنا شروع کر دیا تھا۔

ماں تو اکیلی۔۔۔ اس نے ماں سے کہا تو چہرے پہ اداسی چھاگئی تھی۔

تو میری فکر نہ کر۔۔۔۔ ماں نے اسے تسلی دی۔

اب تم جا کر آرام کرو، کل کے دن کا نصف سے زیادہ حصہ تمہارا ڈاکٹر کے پاس گزرے گا اور تمہارا مکمل ڈاکٹری معائنہ ہوگا۔ تندرست ہونے کی صورت میں تمہیں ڈیوٹی پر لگا دیا جائے گا اور پھر تم اس کمرے میں صرف رات گزارنے آیا کرو گے۔ یہاں زندگی کولہو کے اس بیل کی طرح ہے جو منزل سے ناآشنا ایک دائرے میں گھومتا ہی چلا جاتا ہے۔ میرا مقصد تمہیں خوفزدہ کرنا نہیں ہے ہم سب یہاں ایک جیسی زندگی بسر کر رہے ہیں، یہ لو کمرے کی چابی! میس سے کھانا کھا کر واپس ہوئے تو اس کے ساتھی نے کہا۔

وہ کمرے میں آ کر بستر پر لیٹا تو ایک سکون نے اسے اپنے حصار میں لے لیا۔ ائیر کنڈیشنر چل رہا تھا جس سے کمرے میں کافی ٹھنڈک ہو گئی تھی۔ ایسا بستر تو اس کی سات نسلوں نے نہیں دیکھا ہو گا! یہ خیال اس کے ذہن سے سوں کر کے گزر گیا تھا۔ اس نے کروٹ بدل کر سونے کی کوشش کی تو ہزاروں میل دور سے ماں نے یاد کر لیا۔ پلکوں پر آئی نیند اڑ گئی اور جانے اس نے کتنی کروٹیں بدل ڈالیں۔ پھر اس کی ایسی آنکھ لگی کہ بیدار ہوا تو پو پھٹ رہی تھی۔ وہ اٹھا اور غسل کرنے چلا گیا، واپس آیا تو اس کا ساتھی میس جانے کے لئے اس کا منتظر تھا۔

ناشتہ کرنے کے بعد گاڑی اسے ایک ڈاکٹر کے پاس چھوڑ آئی جو رہائش گاہ سے زیادہ دور نہیں تھا۔ وہ گاڑی میں بیٹھا راستہ ذہن نشین کرتا گیا جس سے اسے واپس آنے میں کوئی مشکل پیش نہیں آئی تھی۔ ڈاکٹر نے معائنے کے بعد اسے صحت مند قرار دیتے ہوئے Fitness کا پروانہ اس کے ہاتھ میں تھما دیا تھا۔ آج اس نے دوپہر کا کھانا بھی نہیں کھایا تھا پھر بھی اسے بھوک نہیں لگی تھی۔ شاید اسی کو خوشی کی کیفیت کہتے ہیں۔ ٹھیک مغرب کے وقت اس کے دونوں روم میٹ واپس آئے تھے اور ان کے چہروں سے تھکن کے آثار نمایاں ہو رہے تھے۔

میڈیکل کیسا رہا! عرب خاموش تھا مگر اس کے دوسرے ساتھی نے پوچھ لیا۔ اچھا رہا! یہ کہتے ہوئے اگرچہ وہ مسکرایا نہیں تھا تاہم مسکراہٹ اس کے لبوں کے قریب آ گئی تھی۔

اب کل تمہیں ڈیوٹی مل جائے گی! اس کے ساتھی نے یقین سے کہا۔

اور پھر میں بھی تمہاری طرح یہاں رات گزارنے آیا کروں گا! اس نے دل میں کہا۔

اگلی صبح اسے ورکشاپ بھیج دیا گیا۔ اس نے دیکھا انتہائی وسیع و عریض ورکشاپ تھی جس میں بہت ساری گاڑیاں کھڑی تھیں اور مکینک ٹولیوں میں کھڑے گپ شپ کر رہے تھے شاید چائے کا وقفہ ہو گیا تھا۔ فورمین اسے ورکشاپ منیجر کے پاس لے گیا جو ایک گورا تھا اور اس وقت چھوٹے چھوٹے کش لے رہا تھا۔ اس نے اسے سامنے والی کرسی پر بیٹھنے کا اشارہ کیا۔ وہ بیٹھا تو فورمین بھی اس کے ساتھ بیٹھ گیا وہ بھی عرب تھا۔

اس ورکشاپ کے تین بڑے ڈیپارٹمنٹ ہیں۔ ڈینٹنگ، پینٹنگ اور مکینیکل، تم کس میں کام کرنا چاہو گے! منیجر نے اس سے انگریزی میں کہا!

مکینیکل! دو سال کی پڑھی ہوئی انگریزی کام آ گئی تھی۔

کیوں! منیجر نے اس سے سوال کیا۔

می ٹین ائیر مکینک کار انجن! اس کا مطلب تھا میں دس سال سے کاروں کے انجن کا مکینک ہوں۔ بعد میں اسے حیرانی ہوئی کہ اس نے انگریزی میں اتنی بات کیسے کہہ لی تھی۔ اب جو بات اس کے ذہن میں کلبلا رہی تھی وہ یہ تھی کہ اسے کسی بھی کار میں مکینیکل نقص پر کام دیا جائے کہ وہ اسی میں زیادہ دلچسپی سے کام کر سکے گا۔

ویری گڈ، گو آن! منیجر نے اسے کہا تو فورمین اسے ساتھ لے کر سٹور میں چلا گیا جہاں سے اسے ایک ٹول بکس اور ایک اوور آل (ڈانگری) ملی اور پھر فورمین اس کو ایک ایسی کار کے پاس چھوڑ آیا جس پر چپہ چپہ دھول جمی ہوئی تھی اور سائیڈ مرر کے ساتھ لٹکتے کارڈ پر لکھی تاریخ گواہی دے رہی تھی کہ کار کو ورکشاپ میں داخل ہوئے ایک ماہ سے زائد عرصہ ہو گیا تھا۔ یہ کار اب تک کیوں ٹھیک نہیں ہو سکی تھی۔ یہ سوال اس کے ذہن میں ابھر کر کسی نشیب میں بیٹھ گیا تھا۔ فورمین اس سے جدا ہوا تو اس نے وہیں کھڑے کھڑے اوور آل لباس پر ہی پہن لیا اور رب کا نام لے کر ٹول باکس کھولا تو حیرت زدہ رہ

گیا۔ جدید ترین آلات موجود تھے جن سے گھنٹے کا کام دس منٹ میں ہو سکتا تھا۔ پہلے اس نے ساری کار کی دھول جھاڑی اور پھر بونٹ کھول کر انجن کا جائزہ لینے لگا۔ ایک ہم وطن بھی اس کے پاس آکر کھڑا ہو گیا تھا۔

بھائی اگر کام جانتے ہو تو اس گاڑی پر کام کرو ورنہ فورمین سے کہہ کر کوئی اور گاڑی لے لو! اس کی بات ناصحانہ تھی۔

کیوں بھئی دوسری گاڑی کیوں لے لوں، اسی پہ کیوں نہ کام کروں! اس نے بونٹ کے اندر سے سر گھما کر اس کی طرف دیکھا تھا۔ اس لئے کہ اس گاڑی پر پہلے تین مکینک، فورمین اور ورکشاپ کا منیجر کام کر چکے ہیں۔ لیکن انجن کا نقص جوں کا توں ہے اس نے تفصیل بتائی۔ پھر تو میں اس پر ضرور کام کروں گا! اس نے اپنا ارادہ ظاہر کیا۔

اچھا، تمہاری مرضی! کہتے ہوئے وہ وہاں سے ہٹ گیا۔

اس نے انجن کا ہر ممکن چیک اپ کرنے کے بعد کام شروع کیا۔ اس کی دانست میں جہاں خرابی تھی وہاں تک پہنچنے کے لئے اس کو آدھا انجن کھولنا پڑتا تھا۔ اس کے ہاتھ یوں حرکت کر رہے تھے جیسے ابھی، اسی وقت سارا کام مکمل کر لینا چاہتے ہو۔ اس کو کام کرتے ہوئے ایک گھنٹہ ہو چکا تھا کہ سائرن ہوا۔ یقیناً دوپہر کے کھانے کا وقفہ ہو گیا تھا اور سب لوگ کام چھوڑ کر بوفیہ کی طرف چل پڑے تھے۔ فورمین نے اس کے پاس آکر کہا تھا۔

"یل شباب وقت اخلئاء" جو وہ نہ سمجھ سکا تھا اور مسلسل کام میں مشغول رہا حتیٰ کہ اس نے اس کی پیٹھ پر تھپکی دیتے ہوئے کہا" سٹاپ دا جوب ناؤ ایٹنگ ٹائیم"(Stop the job now eating time)

اسنے ہاتھ میں پکڑا ہوا سپانر ٹول بکس میں رکھا اور ہاتھ دھونے کے بعد بوفیہ پہنچ گیا۔ پہلے سے بیٹھے لوگوں نے اسے یوں دیکھا جیسے وہ کوئی خلائی مخلوق ہو۔ ان میں اس کے

ہم وطن بھی تھے لیکن اس نے کسی سے بات نہیں کی اور فٹافٹ کھانا کھا کر گاڑی کے پاس پہنچ گیا جس پر وہ کام کر رہا تھا۔ وہ چابی اور سپانرس لے کر پھر انجن پر جھک گیا تھا۔ منیجر اپنے دوسرے راؤنڈ پر نکلا اور اس کے پاس آ کر رک گیا تھا۔ وہ اپنے کام میں اس قدر منہمک تھا کہ اسے منیجر کی آمد کی خبر نہ ہوئی۔ دو دن کام کرنے کے بعد اس نے گاڑی اسٹارٹ کی تو انجن میں کوئی نقص نہیں تھا۔ فورمین نے گاڑی چیک کرنے کے بعد منیجر کو اطلاع دی، وہ بہت خوش ہوا۔ اسے بھی اپنی پہلی کامیابی پر خوشی ہوئی تھی۔ اس کے کچھ ہم وطنوں نے حسد کا اظہار بھی کیا تھا۔ اس نے کوئی پرواہ نہیں کی، اسے تو اپنے پیشے سے عشق تھا۔ وہ چاہتا تھا کہ اسی وقت اسے دوسری خراب گاڑی کا کام دے دیا جائے۔

چھٹی ہوئی تو کمپنی کی گاڑی اسے رہائش گاہ تک چھوڑ آئی تھی۔ اس نے لباس تبدیل کر کے غسل کیا اور لیٹ رہا۔ رات ہونے میں ابھی تین گھنٹے باقی تھے۔ پردیس کی تنہائی میں انسان جانے کیا کچھ سوچتا ہے۔ اس نے بھی بہت کچھ سوچنے کے بعد ایک ہی بات سوچی تھی کہ ماں کی جدائی میں دو دن کم ہو گئے۔ ہر خیال سے پہلے ماں کا خیال، ہر سوچ کا آغاز ماں کی سوچ سے۔۔۔۔۔۔ ایسا ہونا فطری تھا کہ وہ پہلی بار ماں سے جدا ہوا تھا۔ اب اسے احساس ہو رہا تھا کہ سورج طلوع ہو تو ایک خوشگوار صبح ہی نہیں تپتی دوپہر بھی ہوتی ہے۔ ایسے میں ماں سے زیادہ چھتنار کون ہو سکتا ہے۔

مغرب سے تھوڑی دیر قبل اس کا ساتھی بھی آ گیا تو کچھ دیر کے لئے اس کی تنہائی میں شگاف پڑ گیا تھا۔ اس نے اس سے دن بھر کی روداد پوچھی اور سنی تھی لیکن دن بھر کی کہانی اتنی طویل بھی نہ تھی کہ رات بھر سنائی جاتی۔ چند منٹ کی بات تھی، اس کے روم میٹ نے سنی اور کچھ کہے بغیر منہ، ہاتھ دھونے چلا گیا۔ واپس آ کر اس نے کپڑے بدلے اور چپ چاپ کمرے سے نکل گیا۔ آج وہ اسے ساتھ لے کر نہیں گیا تھا۔ اسے تھوڑی دیر

کے لئے یہ بات اچھی نہیں لگی لیکن اس نے یہ سوچتے ہوئے خود کو سمجھا لیا کہ یہ پردیس ہے یہاں اگر کوئی اچھا سلوک کرے تو اس کی مہربانی اور اگر نہیں تو شکوہ سنج بھی نہیں ہونا چاہئے۔ سورج کے آگے ہاتھ رکھنے سے رات تھوڑی ہو جاتی ہے۔ وقت یوں گزرا کہ ایک ماہ بیت گیا۔ اس دوران ان کی ملاقات بہت کم رہی تھی۔ اگرچہ وہ اس کا ہم وطن نہیں تھا تاہم ایک اچھا انسان ضرور تھا۔ اس کا عرب ساتھی چند دن رہنے کے بعد کسی دوسرے کمرے میں شفٹ ہو گیا تھا یوں بھی اسے عرب روم میٹ سے کوئی خاص دلچسپی نہیں تھی کہ زبان آڑے آتی تھی۔

آج وہ ڈیوٹی ختم کر کے کمرے میں پہنچتا تو اچانک تھوڑی دیر بعد اس کا ساتھی بھی پہنچ گیا۔ اس کے ہاتھ میں ایک خط تھا جو اس نے سائیڈ ٹیبل پر رکھا اور دیوار کی طرف منہ کر کے لیٹ گیا۔ اس کی خاموشی بتا رہی تھی کہ خط اس کے گھر سے آیا ہے اور اس میں ضرور کوئی ایسی بات ہے جس نے اسے پریشان کر رکھا ہے۔

پردیس میں اگر ہم ایک دوسرے کے غم نہیں بانٹیں گے، دلاسہ نہیں دیں گے تو ہمارے آنسو خشک کرنے کون آئے گا! اس نے سوچا۔

آپ کچھ پریشان دکھائی دیتے ہیں، خیریت تو ہے! اس نے ساتھی سے پوچھا۔

ہاں یار! چند لمحے خاموش رہنے کے بعد اس نے کروٹ بدل کر کہا۔

میں اگر آپ کے کسی کام آ سکتا ہوں تو کہہ دیجئے۔ اس نے نہ صرف ہمدردی جتائی تھی بلکہ وہ ذہنی طور پر بھی اس کیلئے تیار تھا۔ میں تمہارا ممنون ہوں دوست لیکن کچھ پریشانیاں ایسی ہوتی ہیں جن کی زد پہ صرف ایک جان ہوتی ہے اور میں اس وقت اسی عمل سے گزر رہا ہوں! اس کے ساتھی نے شکریہ ادا کیا۔

اگرچہ مجھے آپ کے ذاتی معاملات میں دخل اندازی جیسی بدتمیزی کا مرتکب نہیں

ہونا چاہئے تاہم میں آپ کی پریشانی جاننا چاہوں گا ممکن ہے ہماری بات چیت سے کوئی معقول حل نکل آئے! اس نے ساتھی کے غم بانٹنے کا تہیہ کر لیا تھا۔

میرے چھوٹے بھائی نے دو سال قبل ایم ایس سی فرسٹ ڈویژن میں پاس کیا تھا اور دو سال سے ہی ملازمت کی تلاش میں ہے، میں سوچتا ہوں اسے اتنی تعلیم حاصل نہیں کرنی چاہئے تھی، بس آٹھویں تک پڑھتا اور پھر کوئی کام سیکھ لیتا یوں بے روز گاری کے ساتھ اعلیٰ تعلیم کا دکھ تو نہ ہوتا۔ اب بھائی لکھتا ہے مجھے اپنے پاس بلا لو! اس کے ساتھ نے ساری صورت حال اس پر واضح کر دی تھی۔

تب ایک خوفناک خیال اس کے ذہن میں ابھرا کہ اس کے ملک میں بھی ہر سال ایک فصل تیار ہوتی ہے۔ بے روز گاروں کی فصل۔۔۔۔۔۔۔۔ ہر سال سکولوں، کالجوں اور یونیورسٹیوں سے لاکھوں کی تعداد میں بے روز گار فارغ التحصیل ہوتے ہیں۔ اس کا ملک بے روز گاری میں خود کفیل ہے۔ یہ سوچتے ہی اسے ساتھی کی پریشانی بہت چھوٹی سی لگی تھی۔

***

بابا

اور پھر اس کی بارات آگئی۔

اس کے چہرے سے خوشی کے ساتھ بیزاری سی عیاں ہو رہی تھی۔ بیزاری کیوں نہ ہوتی، گاؤں کے شادی تھی اور گاؤں میں تو دس دس دن پہلے مایوں کی رسم ہو جاتی ہے۔ دولہا کے یار لڈی کھیلتے ہیں، بھنگڑا ڈالتے ہیں، رات رات بھر گاتے ہیں، گا گا کر تھکتے ہیں تو تاش چل نکلتی ہے، اور گاؤں کی شادی میں جب تک جوا نہ کھیلا جائے وہ شادی ہی نہیں ہوتی۔ چرسیوں کی ٹولی الگ ہو جاتی ہے۔ دولہا کے دوست بالٹیوں میں شراب ڈال کر پیتے ہیں اور نشہ چڑھتے ہی "مارا ڈھولیا ڈھول" کہتے ہوئے میراثی کو جو کچھ دیر پہلے تک تھک ہار کے بیٹھا ہوتا ہے ڈھول پیٹنے پر مجبور کرتے ہیں اور خود دے، دا کے تال پر لڈی کھیلتے ہوئے دولہے کو بھی کھینچ لیتے ہیں۔ یوں دس دن لڈی کھیل کھیل کر اس کا انگ انگ دکھ رہا تھا۔ وہ چاہتا تھا کہ کہیں تھوڑا سا لیٹ کر کمر سیدھی کر لے۔ مگر ایسا نہ ہو سکا اور دوست اس کو ساتھ بیٹھک پر لے گئے۔

وہ چونکہ والدین کا اکلوتا بیٹا تھا، اس لیے دولہن کے پاس اس کے دور کی رشتے دار دو نوجوان لڑکیاں بیٹھی گپ شپ کر رہی تھیں اس کے من میں دولہا کا خیال آتے ہی جھر جھری سی ہو کر رہ جاتی۔ وہ سوچتی کہ دولہا آتے ہی یہ لڑکیاں چلی جائیں گی اور وہ اکیلی رہ جائے گی اکیلی۔۔۔۔۔۔۔ یہ خیال آتے ہی اس کی پلکیں مزید جھک جاتیں۔ وہ لڑکیوں کی باتیں تھوڑی ہی سن رہی تھی۔ اس کے کان تو دروازے پر لگے تھے۔ وقت بہت گزر

گیا تھا اور اب اس کا جسم بھی سکڑ کر بیٹھنے سے تھکنے لگا تھا۔ وہ بھی قریب کے گاؤں سے آئی تھی شاید سکھیوں نے اسے بھی کئی راتیں نہیں سونے دیا ہو گا۔ اور خوب چھیڑا ہو گا۔ انھوں نے بھی لڈی کھیلی ہو گی، اس کو بھی کھینچا ہو گا، پھر اس کے ارد گرد اس کی سوچوں نے دھمال ڈالا ہو گا۔ وہ چاہتی تھی کہ کچھ دیر پاؤں پھیلا کے بیٹھے اور انگڑائیاں تو جانے کتنی ہی اس کے بانہوں میں کسمسا رہی تھیں۔ بابل کا گھر ہوتا تو اس وقت تک وہ دو چار خواب بھی دیکھ چکی ہوتی۔ وہ پاس بیٹھی لڑکیوں کی باتوں اور بات بے بات ہنسی سے اکتا گئی تھی۔

دروازہ آہستہ سے چرچرایا اور لمحوں کے توقف کے بعد دونوں لڑکیاں اٹھ کر بھاگ گئی۔ وہ اکیلی رہ گئی تھی اور جن لمحوں کی وہ منتظر تھی آ پہنچے تھے۔ اسے یقین ہو گیا تھا کہ دولہا آ چکا ہے۔ وہ اندر ہی اندر شرمائی، سمٹی اور نگاہوں کو اپنی جھولی میں بکھیر دیا۔ تب کوئی اس کے قریب آ بیٹھا۔ مگر یہ کیا، دولہا نے دروازہ کیوں کھلا چھوڑ دیا۔ ابھی وہ سوچ ہی رہی تھی کہ پاس بیٹھے شخص نے اس سے کہا۔۔۔ "دلہن تم بے شک میری طرف مت دیکھو کہ دلہنیں ہمیشہ پہلے دولہا کو دیکھا کرتی ہیں۔۔۔۔" اسے شک گزرا کہ یہ آواز کسی اور کی ہے۔ اس نے کنکھیوں سے دیکھا تو بدک کر اٹھی اور پیٹھ کر کے کھڑی ہو گئی۔ اسے یوں لگا کہ جیسے پلنگ پر یکبارگی کئی بچھوؤں نے اسے ڈنک مار دیا ہو۔

میں کون ہوں؟ پلنگ پر بیٹھے شخص نے اس سے پوچھا۔

آپ بابا ہیں۔ اس کی آواز حلق سے یوں نکلی جیسے کنوئیں سے آئی ہو۔

نہیں!! بابا تو تمھارے دولہا کا ہوں، تمہارا سسر ہوں اور تمھیں یہ بتانے آیا ہوں کہ اگر تم نے گھر بسانا ہے تو مجھے خوش رکھنا ہو گا میں تم سے خوش رہوں گا تو تم اس گھر کی بہو رہو گی۔ ورنہ تم بچی نہیں ہو کہ نہ سمجھ سکو، اور اگر تم نے یہ بات کسی کو، اپنے دولہا کو بھی

بتائی تو انجام اچھا نہیں ہو گا، میں جا رہا ہوں۔ اب تم بیٹھ جاؤ، دولہا صحن میں آچکا ہے۔ اس کا جی چاہا، اسی وقت یہاں سے بھاگ نکلے اور سب کو بتائی جائے کہ سسر اس سے خوشی چاہتا ہے مگر اس کا انت کیسا ہو گا یہ خیال آتے ہی اس کے اندر کی بزدل عورت نے حالات سے سمجھوتہ کرنے کا مشورہ دیا۔ وہ پھر سے چھوئی موئی ہو کر بیٹھی ہی تھی کہ دولہا آ گیا۔ اس کی دھڑکنیں معمول سے ہٹ گئیں۔ آنکھوں میں ایک خمار سا اتر آیا۔ اس کے دل میں حوصلے کا پربت ایستادہ ہو گیا۔ اور کچھ دیر پہلے سسر سے ہونے والی گفتگو اس کے ذہن سے یوں صاف ہو گئی جیسے کوئی بچہ سوال حل کرنے کے بعد سلیٹ صاف کر دیتا ہے۔ وہ اس کے قریب آ کر بیٹھ گیا اور چند لمحے اسی تذبذب میں گزر گئے کہ گفتگو کا آغاز کیسے کرے؟

تم تھک گئی ہو گی! سو جاؤ۔ اس نے دولہن کے چہرے سے گھونگٹ نہیں اٹھایا، چہرہ نہیں دیکھا تو چودھویں کا چاند کیسے کہتا؟

جیسے آپ کی مرضی! اس نے ہولے سے کہا، مگر دل میں سوچا کہ سونے کے لئے تو عمر پڑی ہے۔

پھر دونوں سو گئے۔ صبح ولیمہ تھا۔ دوپہر سے شام تک سارے مہمان رخصت ہو گئے اور وہ کمرے میں اکیلی رہ گئی۔ اس کے دل میں ہول اٹھنے لگے تھے۔۔۔ "اپنے دولہا سے بھی کہی تو انجام اچھا نہ ہو گا۔۔۔۔" سسر کی اس بات نے اس کا چین چھین لیا تھا، تاہم اس نے اس خیال سے پیچھا چھڑانے کے لئے خود کو گھر کے کام میں مشغول کر لیا۔ زمیندار گھرانہ تھا۔ گھر کے افراد تو کم تھے مگر ڈور ڈنگر بہت تھے، اس لئے کام بہت تھا۔ ماسی نے بہت کہا، لڑکی مہندی کا رنگ چھوٹنے دیا ہوتا۔ مہندی کا رنگ چھوٹنے تک تو میں۔۔۔۔۔۔۔

اور وہ منہ پرے کر کے مسکرا دیتی۔

کہتے ہیں ہر خوشی اپنا خراج وصول کرتی ہے۔ اس کے ساتھ ایسا کب ہو گا۔ یہ سوچتے ہی اس کے ذہن پر بجلی گر پڑتی۔ جاتے وقت نے اپنی بغل میں اس کے لئے کیا چھپا رکھا تھا۔۔۔۔۔۔۔۔۔

اس کے آنے سے جیسے گھر کا نقشہ ہی بدل گیا تھا۔ وہ صبح کا سارا کام ختم کر کے دولہا کے لئے دوپہر کا کھانا لے کر کھیتوں کو چلی جاتی جہاں وہ ایک ٹاہلی کے نیچے اس کا انتظار کر رہا ہوتا۔

جب سے تیرے ہاتھ کی پکی کھانے لگا ہوں، بھوک بہت لگتی ہے۔ وہ دستر خوان کھول کر کھانا سامنے رکھتے ہوئے کہتا۔

تم کام بھی بہت کرتے ہو۔ یہ کہتے ہوئے وہ اسے یوں پیار سے دیکھتی کہ اس کا جی چاہتا وہ آکاش بیل کی طرح اس سے لپٹ جائے۔ دونوں بہت دیر باتیں کرتے اور پھر وہ لسی کا آخری بٹل ایک ہی سانس میں پی کر لمبی ڈکار لیتے ہوئے پاؤں پھیلا کر ٹاہلی کے تنے سے ٹیک لگا لیتا۔ وہ برتن سمیٹ کر چل دیتی تو وہ بہت دور تک اس کو جاتے ہوئے دیکھتا رہتا۔ شام کو واپس لوٹتا تو وہ اس کی راہ تک رہی ہوتی، اسے دیکھتے ہی اس کے من میں ٹھنڈک پڑتی اور وہ پر سکون ہو جاتی۔ دن بھر کی تھکن کا نام ونشان مٹ جاتا۔

بہو پانی کا ایک چھنا اور لا دے! بابا اسے کہتا تو اس کے دل میں ایک ٹیس سی اٹھتی۔

تو کتنا پانی پیتا ہے مجھ سے مانگ لیا کر! ماسی بابا سے کہتی۔

تیرے بے برکتے ہاتھوں سے تو میں دریا بھی پی جاؤں تو پیاس نہیں بجھے گی، بہو کے روپ میں رب نے بیٹی دی ہے شکر گزار ہوا کر! بابا کے چہرے پر خوشی کی ایک لہر آکر چلی جاتی۔ وہ نظریں بچا کر بابا کو دیکھتی اور سوچتی کہ ان کی شخصیت کا کون سا رخ ہے۔ وقت

گزرتے کیا دیر لگی ہے۔ تین ماہ گزر گئے۔ وہ صبح اٹھتی تو طبیعت بوجھل سی ہوتی۔ کسی کام میں جی نہیں لگتا۔ اور پھر عجیب چیزیں کھانے کو جی چاہنے لگا۔ ماسی تھوڑی دیر کو ادھر ادھر ہوتی تو وہ گاچی کا روڑا اٹھا کر چبا لیتی۔ کام کرے نہ تھکنے والی کے جسم میں جیسے سستی بھر گئی تھی۔

پھر کچھ دن کے بعد طبیعت سنبھل گئی۔ ایک دن اس نے جانے دولہا کے کان میں کیا کہہ دیا کہ وہ کھانا چھوڑ کر کھیتوں میں ناچ اٹھا۔ وہ اسے دیکھتی اور ہنستی رہی۔ وہ ہنستا دیکھتا تو اسے یوں لگتا جیسے ایکڑوں زمین میں موتیے کے پھول کھل اٹھے ہوں۔ وہ واپس آگئی مگر اس کے بعد اس کا جی کام میں نہ لگا۔ اس دن اسے ایسا محسوس ہوا جیسے شام ہونے میں کتنے برس بیت گئے ہوں۔ چند دنوں سے وہ دوپہر کا کھانا گھر آکر کھانے لگا تھا وہ صحن میں گھوم پھر کر کام کر رہی ہوتی تو اسے یوں لگتا جیسے کتنی بہاریں اس کے آنگن میں رقص کر رہی ہوں۔

تو آج کل کھیتوں میں تھوڑا کام کرنے لگا ہے! بابا نے مسلسل گھر آتے دیکھ کر پوچھ ہی لیا۔

اتنا کام نہیں ہو تا بابا اس لئے گھر آجاتا ہوں! وہ پرے دیکھتے ہوئے کہتا۔

آج صبح سے ہی اس کی طبیعت زیادہ خراب تھی۔ یوں بھی چند دنوں سے ماسی نے اسے کوئی کام کرنے نہیں دیا تھا۔ ہر چند آج اس کا دل بھی کھیتوں میں کام کرنے کو نہیں چاہ رہا تھا۔ مگر بابا سے اس کی جان کون چھڑاتا اس لئے وہ چلا گیا۔ ماسی گاؤں سے دائی کو بلا لائی بابا صحن میں دھریک کے سائے میں چارپائی بچھائے لیٹا تھا کہ اس کے کانوں میں معصوم بچے کے رونے کی آواز آئی۔ وہ اٹھ بیٹھا۔

مبارک ہو بیٹا ہوا ہے۔ دائی نے بابا سے کہا۔

خیر مبارک! بابا نے کہا اور وہیں زمین پر سجدہ ریز ہو گیا۔
تم اب آجاؤ میں بھی پوتا د یکھ لوں۔ بابا نے ماسی کو بلایا اور خود کمرے میں چلا گیا۔
اس نے سسر کو دیکھتے ہی اپنی آنکھوں پر ہاتھ رکھ دیے۔
نہیں! بابا میں تمہارے دولہا کا ہوں تمہارا سسر ہوں اور۔۔۔۔۔۔۔۔ اس کی آواز کی بازگشت اس کے ذہن پر چابک برسانے لگی۔
بہو آنکھوں سے ہاتھ ہٹا دو، دیکھو میں کون ہوں، دیکھو میری بچی میں کون ہوں، میں تمہارا بابا ہوں، تمہارا بابا، ہاں تمہارا بابا۔۔۔۔۔۔
میں نے تم سے جو خوشی چاہی تھی وہ آج تم نے میری جھولی میں ڈال دی۔ بابا کی آواز رندھ رہی تھی۔ اس نے کانپتے ہاتھوں سے بہو کے چہرے سے ہاتھ ہٹا دیئے۔
بابا۔۔۔۔۔!! جیسے اس کے حلق سے بے اختیار چیخ نکل گئی اور بابا نے پوتے کو اٹھا کر چوم لیا۔

***

بھابھی ماں

ہم دونوں آج سے ازدواجی زندگی کا آغاز کر رہے ہیں، اس لئے ضروری ہے کہ ایک دوسرے کو جان لیں، میں اس گھر کے جس میں تم اب آچکی ہو، افراد کا تعارف کرائے دیتا ہوں۔ گھر کا سارانظام میری ماں چلارہی ہیں، میں امی کہتا ہوں۔ وہ نہایت نرم خو اور پیار کرنے والی خاتون ہیں۔ یہ میں اس لئے نہیں کہہ رہا کہ وہ میری ماں ہیں بلکہ تمہیں بھی چند دنوں میں پتہ چل جائے گا۔ ابا کا نام اس لئے نہیں لیا کہ وہ اس دنیا میں نہیں ہیں۔ اپنی زندگی میں وہ اچھے بزنس مین تھے۔ مجھ سے بہت چھوٹا میرا ایک بھائی جاوید ہے جو چھٹی جماعت میں پڑھ رہا ہے بچہ ہے اس لئے اس سے شرارتوں کی توقع کی جا سکتی ہے، لاڈلا ہے اس لیے کبھی کبھی ضد بھی کرتا ہے تاہم اس کی ضد کی حد وہاں ختم ہو جاتی ہے جہاں سے تربیت کی حد شروع ہوتی ہے۔ میں سمجھتا ہوں تمہارے پیار سے سمجھانے پر اس کی یہ عادت کسی حد تک ختم ہو سکتی ہے۔ عمر کے تقاضے کے ساتھ ساتھ امی دمے کی مریض بھی ہیں اس لئے گھر کا جتنا کام وہ آسانی سے کر سکتی ہیں خود کرتی ہیں۔ اس کے بعد ماہانہ معاوضے پر ایک عورت کام کرتی ہے۔ انتہائی مختصر خاندان ہے۔ اب میری ذات کے حوالے سے بھی چند باتیں سن لو۔ میں خاموش طبع انسان ہوں لیکن اس کا یہ مطلب نہیں کہ میں پتھر ہوں مجھ پر غم اور خوشی کوئی اثر نہیں کرتے۔ لوگ پریشانی کی حالت میں رات بھر جاگتے ہوئے کروٹیں بدلتے رہتے ہیں لیکن میرے ساتھ الٹا معاملہ ہے، ذراسی پریشانی مجھ پر غنودگی طاری کر دیتی ہے اور معمولی سے خوشی مجھے رات بھر

جگائے رکھتی ہے۔ سگریٹ اور چائے میری کمزوری ہے۔ تم مجھے شکایت کا موقع نہ دینا، میری طرف سے تمہیں کوئی شکایت نہیں ہوگی۔ میں خلاف طبع بول بہت بول چکا۔ اب تم کچھ اپنے بارے میں کہو۔ جمیل نے بیڈ کے ساتھ پڑے سائیڈ ٹیبل پر رکھی ایش ٹرے میں سگریٹ مسل دیا تھا۔ اپنے متعلق کیا کہوں، جیسی بھی ہوں آپ کے سامنے ہوں! حسینہ نے نظریں جھکائے ہوئے کہا۔

کچھ اپنے مزاج کے متعلق، فارغ اوقات کے کیا معمولات رہے ہیں! جمیل نے اس سے پوچھا۔

مزاجاً نارمل ہوں اور فارغ اوقات اگر ہو تو افسانے پڑھتی ہوں! حسینہ نے مختصر جواب دیا۔

پھر تو لکھتی بھی ہوگی! جمیل نے حیرانی ظاہر کی۔

دو سال قبل ایک افسانہ لکھا تھا، شائع بھی ہوا۔ میں اس وقت بی اے کے پہلے سال میں تھی! حسینہ نے کہتے ہوئے پہلی بار نظریں اٹھا کر جمیل کی طرف دیکھا تھا۔ خمار آلود، خود سپردگی کا پیغام دینے والی نظروں سے۔

اور پھر رات بیت گئی۔

صبح دونوں ناشتے کی میز پر پہنچے تو امی اور جاوید پہلے سے موجود ان کا انتظار کر رہے تھے۔ جاوید بار بار حسینہ کی طرف دیکھ کر مسکرا رہا تھا۔ وہ بھی اس کی طرف دیکھتے ہوئے مسکرا دیتی تھی تاکہ وہ اجنبیت محسوس نہ کرے۔

جاوید ناشتہ کرو اور اسکول جاؤ، جمیل کو شاید اس کی یہ حرکت اچھی نہیں لگ رہی تھی۔

اچھا بھائی جان! جاوید سہم سا گیا تھا۔ اور حسینہ کو یہ سمجھنے میں دیر نہیں لگی تھی۔ کہ

وہ جمیل سے بہت ڈرتا ہے۔

جاوید تو بہت اچھا بچہ ہے۔ آپ نے ناشتے کے دوران اسے یونہی ڈانٹ دیا تھا! جاوید کے جاتے ہی اس نے جمیل سے کہا۔ اب وہ اسکول میں سارا وقت پریشان رہے گا۔

جاوید کو میں بھائی ہی نہیں اپنا بیٹا بھی سمجھتا ہوں اور یہ ڈانٹ نہیں بلکہ اس کی تربیت کا حصہ تھا! جمیل یہ کہہ کر دفتر روانہ ہو گیا۔

وقت یوں گزرا کہ دو سال بیت گئے۔ جاوید آٹھویں میں پہنچ چکا تھا اور امی کے متعلق جمیل کی کہی ہوئی باتیں سچ ثابت ہو چکی تھیں۔ وہ انتہائی شفیق خاتون تھیں۔ حسینہ کو یوں محسوس ہوا جیسے یہ اس کی اپنی ماں ہو۔ لیکن پریشانی کی بات یہ تھی کہ امی اب اکثر بیمار رہنے لگی تھیں۔ ایک اور بات جس نے اس کے دامن میں الجھنوں کے انبار لگا دیے تھے۔ جمیل کا اس کے ساتھ دن بہ دن خشک ہوتا رویہ تھا۔ خاموش طبع ہونا اس کی فطرت سہی، لیکن بیوی کے ساتھ ایسا سلوک اس کی سمجھ سے بالاتر تھا۔ اس نے کتنی بار سوچا تھا کہ وہ جمیل سے اس کا سبب پوچھے گی۔ مگر وہ ایسا نہ کر سکی اور اس نے اپنی توجہ ماں کی خدمت اور جاوید کی تربیت پر مرکوز کر لی تھی۔ امی کی طبیعت آج زیادہ خراب تھی اس لئے جمیل دفتر نہیں گیا تھا اور جاوید کو بھی اسکول سے چھٹی کرنی پڑی تھی۔ حسینہ صبح سے امی کے سرہانے بیٹھی تھی۔ ہلکی سی ہچکی کے ساتھ جسم اور روح کا ناطہ ٹوٹ گیا تھا۔ جمیل نے جاوید کو گلے لگا کر بہت آنسو بہائے تھے سسکیاں بھر کے رویا تھا۔

بھابی ماں، امی! جاوید اس کی گود میں سر رکھ کر تڑپ اٹھا تھا۔

جمیل اب پہلے سے بھی زیادہ خاموش رہنے لگا تھا، ایک اٹوٹ خاموشی اس کی طبیعت کا حصہ بن گئی تھی۔ کھانے کی میز پر تینوں اکٹھے ہوتے اور چند منٹوں بعد بکھر جاتے۔ جمیل اپنے کمرے میں جا کر سگریٹ پھونکتا رہتا۔ جاوید الگ کمرے میں اپنی

پڑھائی میں مشغول ہو جاتا اور وہ اکیلی رہ جاتی۔ البتہ جمیل کو سونے سے پہلے ایک کپ جائے ضرور دینا پڑتا تھا اور پھر وہ رات کے کسی پہر کروٹیں بدلتے ہوئے سو جاتی تھی۔ اگر کبھی اسے بخار ہو جاتا تو جمیل کے چہرے پر کائی سی آجاتی۔ وہ ڈاکٹر سے دوا لاتا اور اپنے ہاتھوں سے اسے پلاتا، تب حسینہ کو یوں لگتا، جیسے جمیل اس کو دیکھتے ہوئے مسکرا رہا ہو۔ اس کے دل کا غبار چھٹ جاتا اور اس پر سرشاری کی سی کیفیت طاری ہو جاتی۔

جمیل کی کنپٹیوں پر سفیدی نمایاں ہو چکی تھی اور جاوید بی اے کے دوسرے سال میں پہنچ چکا تھا لیکن اس کے مزاج میں سادگی نہیں آئی تھی تاہم وہ کوئی کام حسینہ کو بتائے بغیر نہیں کرتا تھا چاہے کالج میں Debate پر جاتا، کوئی فنکشن ہو یا دوستوں کے ساتھ کہیں جانا ہو۔ جمیل مطمئن تھا کہ جاوید کی تربیت حسینہ کی صحیح خطوط پر ہو رہی ہے۔

شام کے سائے ڈھلتے ہی جاوید نے غسل کیا اور پینٹ شرٹ پہن کر بوٹوں کے تسمے کسے اور بال سنوارنے کے بعد حسینہ کے سامنے آ کھڑا ہوا۔

کیسا لگ رہا ہوں بھابھی ماں! اس نے یوں حسینہ کی طرف دیکھا جیسے اپنی ماں کو دیکھا کرتا تھا۔

خوب صورت لگ رہا ہے میرا بیٹا! حسینہ نے اس پر اپنا پیار نچھاور کیا۔

آپ بھی بہت خوب صورت ہیں بھابھی ماں! اسے جب بھی کوئی غرض ہوتی وہ حسینہ کی ایسے ہی خوشامد کرتا تھا اور وہ مسکرا دیتی تھی۔

کاش یہ جملہ جمیل کے ہونٹوں نے ادا کیا ہوتا۔ یہ سوچتے ہی اس کے دل میں ہوک سی اٹھی لیکن جانے کب، کیسے، اور کہاں، اس نے اپنی الگ دنیا بسالی تھی۔ سوچوں کی دنیا ،خیالات کی دنیا، تصورات کی دنیا جس میں وہ مسلسل گم رہنے لگا تھا۔ کسی بھی طرب و کرب سے ماورا۔ سگریٹ نوشی کی کثرت سے اس کی صحت بھی گرنے لگی تھی۔ پتہ نہیں

وہ کیا سوچ سوچ کر کڑھتا رہتا تھا۔ جسم کے زخم مندمل ہو جاتے ہیں، مگر روح کے گھاؤ انسان کو قبر میں سلا کر دم لیتے ہیں۔ وہ تنہائی میں سکون تلاش کرنے لگا تھا۔ چپ چاپ خلاء میں گھورتا ہوا۔ سگریٹ کے دھوئیں کے ساتھ ہوا میں بکھرتا ہوا جمیل روز بروز اپنے وجود سے بے خبر ہوتا جارہا تھا۔ جانے کون سا روگ تھا جو اسے اندر ہی اندر دیمک کے طرح چاٹ رہا تھا۔ اس نے حسینہ کو شریک غم نہیں کیا تو اس کے دل میں بھی خدشات کے طوفان چلنے لگے تھے۔ وہ سمجھنے لگی تھی کہ جمیل اس سے نفرت کرنے لگا ہے۔ اس کے رویے میں یہ تبدیلی اچانک نہیں آئی تھی بلکہ اس چنگاری کو سلگتے ہوئے ایک سال بیت گیا تھا۔ وہ دفتر سے واپس آتا تو حسینہ فوراً اس کے لئے چائے لئے آتی، رف چپل اٹھا کر اس کے پاس رکھتی اور موقع ملتے ہی اس کی آنکھوں میں جھانک لیتی۔ جمیل اس کا چہرہ تکتا تو اس کی آنکھوں سے دھوئیں اٹھنے لگتے، وہ ان دھوؤں کو کوئی نام نہیں دے پا رہی تھی۔

جاوید کی شوخیاں اس کی عمر کا تقاضا تھیں۔ وہ کبھی کبھی حسینہ سے بھی اس انداز میں بات کر جاتا تھا جیسے کسی کلاس فیلو سے مخاطب ہو، اور حسینہ یہ خیال کرتے ہوئے ٹال جاتی تھی کہ جاوید بھائی سے ڈرتا بھی ہے اور احترام بھی ملحوظ خاطر رہتا ہے۔ اس کی ماں تو ہے نہیں جس سے وہ اپنے بچپنے کی شرارتیں دوہراتا۔ اب وہ ہی اس کی ماں اور اس کی دوست ہے۔

جمیل سو کر جاگ چکا تھا۔

بھابی ماں، چائے لائیں اوریوں! اس نے چٹکی بجاتے ہوئے کہا۔

تم بھائی جان کے پاس بیٹھو میں لا رہی ہوں! حسینہ کہتے ہوئے کچن میں چلی گئی۔

بھائی جان کے پاس! اس نے بڑا سا منہ بنا کر کہا اور کمرے میں بھائی کے پاس جا بیٹھا۔

حسینہ چائے لے آئی تھی۔

بھابی ماں! جاوید نے ہولے سے اس کے قریب ہوتے ہوئے کہا۔

کہو جاوید! حسینہ نے اس کو ماں کی نظروں سے دیکھا تھا۔

آج پہلی بار دوستوں کے ساتھ پکچر ہاؤس میں فلم دیکھنے کا پروگرام بنایا ہے جاؤں۔ اس نے حسینہ سے اجازت چاہی۔

نہیں جاوید تمہیں اس کی اجازت نہیں دوں گی۔ یہ اچھی بات نہیں! حسینہ نے دو ٹوک فیصلہ سنا دیا تھا۔

بھابی ماں اس سے پہلے بھی آپ مجھے کئی جگہ جانے سے روک چکی ہیں۔ آخر مجھ پر اتنی پابندیاں کس لئے۔ اس لے کہ میں آپ کا بیٹا نہیں ہوں اور یہ کہ آپ کا کوئی بیٹا نہیں ہے۔۔۔۔۔۔۔۔اور یہ بھی کہ بھائی جان آپ کو پسند نہیں کرتے تو اس میں میرا کیا دوش ہے؟ جاوید کے کان غصے سے سرخ ہو گئے تھے۔

کمرے میں چٹاخ کی آواز گونج گئی تھی۔ جمیل نے اس کے منہ پر زور سے تھپڑ مارا تھا۔

بد تمیز! یہ عورت جسے تم بھابی ماں کہتے ہو، تمہیں اپنا بیٹا سمجھتی ہے اور یہ میں جانتا ہوں، تم نے یہ کیسے کہہ دیا کہ میں حسینہ کو پسند نہیں کرتا۔ یہ اس گھر اور میرے جسم و جاں کی مالک ہے۔ تمہیں اس گستاخی کی معافی مانگنی ہو گی۔ جمیل کی آنکھیں غصے سے قہر آلود ہو رہی تھیں۔

حسینہ کی آنکھوں سے موٹے موٹے آنسو گر کر اس کے دامن میں جذب ہو گئے تھے۔ جمیل اسے بے تحاشہ پیار کرتا تھا۔ شاید یہی وجہ تھی کہ جاوید نے ان کی دکھتی رگ پر ہاتھ رکھا تھا۔

نہیں جمیل، جاوید ابھی بچہ ہے سمجھ جائے گا۔ حسینہ نے کہا تو جاوید اس سے لپٹ کر سسکیاں بھرنے لگا بالکل ایسے جیسے وہ چھٹی جماعت میں پڑھنے والا جاوید ہو۔

بھابی ماں! مجھے معاف کر دیں۔ جاوید نے اپنے دونوں ہاتھ اس کے پاؤں پر رکھ دیے تھے۔ لیکن حسینہ نے اسے اپنے آنچل میں یوں چھپالیا تھا جیسے یہ اس کا اپنا ہی بیٹا ہو، اپنی کوکھ سے جنم دیا ہوا بچہ--------

* * *

آخری منی آرڈر

کچھ عرصہ سے مقبول جعفری کے خیالات میں عجیب و غریب تبدیلیاں رونما ہو رہی تھیں جن میں سے ایک یہ بھی تھی کہ کسی کی گم شدہ چیز اس کے ہاتھ لگ جائے تو وہ واپس نہیں کرتا تھا۔ پیدل چلتے ہوئے زمین پر پڑی کوئی بھی چیز اسے مل جاتی تو وہ اسے اپنی ملکیت تصور کرتا۔ اس نے یہ نظریہ قائم کر لیا تھا کہ کیوں اسی وقت پارسائی دکھائی جائے جب کسی کی دولت اس کو ملے۔ وہ سوچتا تھا کہ لوگ اسے اچھا انسان بعد میں سمجھیں گے پہلے اس کو انعام کا لالچی کہیں گے۔ کسی حد تک جعفری کی یہ بات بھی درست تھی۔ اس نے جب سے یہ عقیدہ اپنا لیا تھا قسمت بھی اس سے یاوری کر رہی تھی اور اسے کچھ نہ کچھ مل ہی جاتا تھا۔ جعفری میں ایک خاص بات یہ تھی کہ وہ صرف یہ سوچ کر پیدل نہیں چلتا تھا کہ اسے کسی کی گری ہوئی چیزیں مل جائیں بلکہ وہ تو اس لئے چلتا تھا کہ اس کے پاس سائیکل نہیں تھا اور صبح سویرے اپنی جیب سے کرایہ ادا کر کے بس یا ویگن میں سفر کرنا اس کے معمولات میں نہیں تھا۔

یوں تو جعفری نے اتنی کلرکی کر چھوڑی تھی کہ اس کے پاس سائیکل کیا موٹر سائیکل ہونی چاہئے تھی مگر نہیں تھی اور کیوں نہیں تھی اس بات کا جعفری کے علاوہ کسی کو علم نہیں تھا۔ اس کے اکثر کولیگ بڑے افسر بن گئے تھے مگر اس نے ابھی تک کلرکی کو جپھی ماری ہوئی تھی۔ شاید یہی وجہ تھی کہ پچھلی تین سردیوں سے اس کے جسم پر ایک پرانا کوٹ نظر آ رہا تھا جس کی جیب میں پڑا اسفید رومال گرد و غبار اور گاڑیوں کے دھوئیں

سے کالا ہونے لگا تھا۔

جعفری کی ذاتی خصوصیات میں روزانہ تازہ شیو، پرانے مگر پالش شدہ جوتے اور ہاتھ میں اعلیٰ برانڈ کے تھری کاسلز سگریٹ کی ڈبی شامل تھی۔ گھر سے دفتر پیدل، دن بھر مختلف دفاتر کے چکر پیدل اور پھر دفتر سے گھر پیدل۔ وہ اکثر کہا کرتا کہ انسان کے رک جانے سے زندگی رک جاتی ہے اسی لئے وہ گھر کا ایسا راستہ اختیار کرتا تھا جس پر ٹریفک قدرے کم ہو اور راستے میں چوراہا بھی نہ پڑے۔ اس کے نزدیک پیدل چلنے کے اور بھی فوائد تھے جن پر سر فہرست شوگر میں افاقہ تھا۔ گری ہوئی چیزوں کے لالچ میں وہ مختلف بازاروں کے چکر نہیں کاٹتا تھا۔

زمین پر پڑی ملنے والی چیزوں میں کئی بار اسے ہزاروں روپے مل چکے تھے اور متفرقات میں سونے کی انگوٹھیاں، جائداد کے کاغذات، امریکن پاسپورٹ اور لاکھوں کی ملکیت کے چیک ہوتے۔ جعفری کے اندر جہاں اس برائی کا کانٹا اگا تھا وہاں اچھائی کی یہ کونپل بھی کھلی تھی کہ وہ روپے اور سونے کے علاوہ قیمتی دستاویزات مالکان کو لوٹا دیتا تھا۔ اسے اچھی طرح یاد تھا کہ سیشن کورٹ کا موڑ مڑتے ہی اس کی آنکھوں نے فٹ پاتھ پر پڑے ایک چیک کو دیکھ لیا تھا۔ اس نے اٹھا کر دیکھا پورے دو لاکھ پچیس ہزار روپے کا تھا۔ اس نے وہ چیک جیب میں رکھا اور بجائے اپنے دفتر جانے کے بنک پہنچ گیا۔ بنک کھلنے میں ابھی دس منٹ باقی تھے اور پانچ سات آدمی کھڑے انتظار کر رہے تھے۔ وہ بھی ان کے پاس پہنچ کر رک گیا۔ اس نے دیکھا ایک آدمی سب سے الگ تھلگ غمزدہ حالت میں کھڑا تھا۔ وہ قدم پر قدم رکھتا اس کے پاس آرکا۔ اس نے اسے سگریٹ پیش کیا جو اس نے شکریے کے ساتھ قبول کر لیا۔

آپ کچھ پریشان دکھائی دے رہے ہیں! اس نے باتوں باتوں میں پوچھ لیا۔

ہاں یار! اس نے کہا اور برابر خلاء میں گھورتا رہا۔

میرا نام مقبول جعفری ہے اور میں ایک محکمے میں کلرک ہوں۔ اگر میں آپ کے کسی کام آسکوں تو مجھے خوشی ہوگی۔ ویسے آپ کے ساتھ مسئلہ کیا ہے؟ اس نے اپنا مکمل تعارف کرانے کے بعد پوچھا۔

دوست پیشے کے اعتبار سے میں وکیل ہوں۔ کل شام گھر آتے ہوئے میرے کاغذات میں سے ایک چیک کہیں گر گیا ہے۔ سوا دو لاکھ کا چیک۔ اور میں اسی لئے بنک کھلنے سے پہلے پہنچ گیا ہوں تاکہ کوئی کیش نہ کرالے۔ وہ چیک میرا اپنا نہیں تھا بلکہ ایک اعلیٰ عدالتی عہدیدار کا تھا۔ وکیل نے اپنی پریشانی اسے بتائی۔

آپ پریشان نہ ہوں۔ جعفری نے سگریٹ کا بھرپور کش لے کر منہ سے قسط وار دھواں نکالتے ہوئے کہا۔

کیوں؟ وکیل حیران ہو گیا۔

اسے لئے کہ آپ کا وہ چیک مجھے ملا ہے اور اس وقت میری جیب میں پڑا ہے۔ جعفری نے اطمینان سے کہا۔

تم مجھے کوئی جولی سی شخصیت لگتے ہو۔ وکیل نے آپ جناب کا تکلف نہیں برتا۔

ایسی بات نہیں، میں سچ کہہ رہا ہوں۔ اس کے چہرے پر طمانیت کا اظہار ہو رہا تھا۔

تو پھر تم کوئی فرشتہ ہو۔ وکیل اس سے متاثر ہوئے بغیر نہیں رہ سکا تھا۔

نہیں فرشتہ ہوتا تو کسی اچھے یا برے انسان کے کندھے پر بیٹھا اس کے کرتوت لکھ رہا ہوتا۔ مگر میں انسان ہوں۔ میرا اچھا روپ رات کی رانی جیسی خوشبوئیں بکھیرتا ہے اور طمع پر اتر آؤں تو سراپا تعفن ہو جاتا ہوں۔ جعفری نے کہا۔

اچھا چلو، کہیں بیٹھ کر دوستانہ ماحول میں چند اچھے لمحے گزارتے ہیں۔ وکیل اس کو

بازو سے پکڑ کر اپنی گاڑی کے پاس لے گیا۔ اور پھر دونوں اقبال پارک کے کیفے ٹیریا میں جا بیٹھے۔ چائے پینے کے بعد وکیل نے کوٹ کے اندر والی جیب سے ہزار کے دو نوٹ نکال کر اس کی طرف بڑھائے۔ "یہ رکھ لیں"۔

یہ آپ کس چیز کی قیمت ادا کر رہے ہیں۔ جعفری نے اس چہرے پر نظریں ٹکاتے ہوئے پوچھا۔

یہ قیمت نہیں ہے جعفری۔ نوٹ ابھی تک وکیل کے ہاتھ میں پکڑے تھے۔ مجھے اعتراف ہے کہ سوا دو لاکھ کے مقابلے میں بہت حقیر سی رقم ہے لیکن اس میں میری تمہارے لئے عمر بھر کی ممنونیت بھی شامل ہے۔ وہ وکیل تھا، گناہ گار کو بے گناہ اور بے گناہ کو مجرم ثابت کرنا اس کے پیشے کی اصلیت تھی۔ شاید جعفری کے سامنے وہ پیشہ وارانہ مہارت استعمال کر رہا تھا۔

یہ رہا آپ کا چیک، اور میں نہیں سمجھتا کہ اس میں ممنون ہونے کا کوئی پہلو نکلتا ہو۔ سیدھی سی بات ہے کہ ایک انسان دوسرے کے کام آیا۔ جعفری نے چیک اس کی ہتھیلی پر رکھتے ہوئے کہا۔

کاش اس دنیا کے سارے انسان جعفری بن جائیں۔ وکیل چیک پا کر سرشار ہو رہا تھا۔

نہیں، ایسا بھی نہیں ہونا چاہئے۔ جعفری کے چہرے پر ایک پھیکی سی مسکراہٹ آ کر معدوم ہو گئی تھی۔

کیوں یار۔ اس نے قریب ہو کر اس کے شانے پر ہاتھ رکھتے ہوئے کہا۔

اس لئے وکیل صاحب کہ آپ وجود پر تکیہ رکھتے ہیں اور عدم وجود سے صرف نظر کر رہے ہیں۔ اب میں دفتر چلتا ہوں۔ جعفری نے پرے تکتے ہوئے کہا اور زبردستی اس

سے مصافحہ کرتے ہوئے پیدل چل دیا۔ اقبال پارک سے اس کا دفتر پون گھنٹے کی مسافت پر تھا اس لئے وہ تیز تیز قدم اٹھاتا جارہا تھا۔ وکیل اپنی گاڑی کے پاس کھڑا اس وقت تک اسے دیکھتا رہا جب تک وہ اس کی نظروں سے اوجھل نہیں ہو گیا۔

جعفری اپنے روز مرہ معمول کے مطابق پیدل آتا جاتا رہا لیکن عجیب بات یہ ہوئی تھی کہ پچھلے بہت دنوں سے اسے کوئی چیز زمین پر پڑی نہیں ملی تھی۔ اگر چہ وہ اس پر پریشان نہیں تھا لیکن کبھی کبھی سوچتا ضرور تھا کہ شاید لوگ سیانے ہو گئے ہیں یا اس کی نظر پر کسی نے ہاتھ رکھ دیا ہے۔ مزید چند دن گزر گئے اور اس کے ذہن سے یہ بات محو ہو گئی کہ وہ زمین سے لوگوں کی گری ہوئی چیزیں اٹھاتا ہے۔

رت بدلنے لگی تھی اور گرما کا آغاز ہو چکا تھا۔ دن طویل اور راتیں مختصر ہونے لگی تھیں۔ سارا دن دفتر میں کام کرنے کے بعد وہ شام کو گھر لوٹتا تو بہت تھک چکا ہوتا۔ تھوڑا سا آرام کر کے رات کا کھانا کھاتا اور کمپنی باغ روڈ پر گھومنے نکل جاتا۔ یہ سڑک رات ہوتے ہی ویران ہو جایا کرتی تھی۔ اور باغ میں ایک پراسرار خاموشی ہو جاتی تھی۔ وہ کسی روشن حصے میں اسٹون بنچ پر بیٹھ کر دو تین سگریٹ اوپر تلے پھونکتا اور واپس گھر آکر سو جاتا۔

حسب عادت آج بھی وہ ٹہلنے نکلا تھا۔ ایک دوراہے۔ پر پہنچ کر جانے کیوں اس کی نیت بدل گئی اور بجائے کمپنی باغ جانے کے اس نے لالہ رخ جانے کا ارادہ کر لیا۔ یہ پارک اس کے گھر سے آدھہ گھنٹہ کے سفر پر تھا۔ رات ہوتے ہی یہاں اتنے بلب اور ٹیوب روشن ہو جاتے تھے کہ زمین پر گری ہوئی سوئی بھی نظر آجاتی تھی۔ کینٹین کے باہر تھوڑے تھوڑے فاصلے پر پانچ میزیں لگی تھیں۔ جن کے گرد چار چار کرسیاں رکھی گئی تھیں۔ یہاں مزیدار آئس کریم، ٹھنڈا مشروب بہترین شامی کباب دستیاب تھے۔ یہ

کینٹین رات ایک بجے تک اپنی ہنگامہ آرائی کے ساتھ کھلی رہتی تھی۔ وہ پارک پہنچا تو خاصی بھیڑ ہو چکی تھی۔ اور آخری میز کی ایک کرسی خالی تھی۔ باقی تین کرسیوں پر درمیانی عمر کے آدمی گپ شپ میں مصروف تھے۔ یقیناً وہ بھی اس سے چند منٹ قبل ہی آ کر بیٹھے تھے کہ انہوں نے بھی اس کے ساتھ ہی ویٹر کو آرڈر دیا تھا۔ اس نے بیٹھنے سے پہلے اپنی کرسی ذرا پرے کھینچ لی تھی تاکہ وہ ان کی باتوں میں مخل نہ ہو سکے۔ اس کے آنے سے پہلے وہ لوگ جو بات کر رہے تھے ادھوری چھوڑ دی تھی لیکن اس کو اپنی طرف متوجہ نہ پا کر انہوں نے پھر وہی قصہ چھیڑ دیا تھا۔

احمد تھا گاؤدی، گدھا تھا جس کو اتنی دولت ملی اور واپس کر دی۔ ایک کہہ رہا تھا۔

نہیں یار چوہدری ہے ہی قسمت والا۔ دوسرے نے گرہ لگائی۔

صرف چوہدری کیوں۔ اللہ بخش چوہدری کہو بھئی اور اس الو کے پٹھے کو دیکھو جس نے انعام میں ملنے والی رقم سے بھی انکار کر دیا۔ وہ ضرور کوئی گنوار اور پینڈو قسم کا آدمی تھا۔ تیسرے نے بھرپور تبصرہ کیا۔

مقبول جعفری بظاہر ان سے بے نیاز آئس کریم کھاتا رہا لیکن ان کی گفتگو سے اسے یقین سا ہو چلا تھا کہ وہ اسی کی بات کر رہے ہیں۔ وہ ابھی یہ سوچ رہا تھا کہ ان سے پوچھ لے لیکن اسی وقت ویٹر بل لے کر آ گیا۔ اس کے کپ میں ابھی آئس کریم باقی تھی۔ اس کے ساتھ بیٹھے شخص نے کھڑے ہو کر پتلون کی عقبی جیب سے بل ادا کرنے کے لئے پیسے نکالے۔ اس کی نظر غیر ارادی طور پر اس کے ہاتھ میں پکڑے نوٹوں کے بنڈل پر پڑ گئی۔ تقریباً سارے ہزار کے نوٹ تھے۔ اس نے لاپرواہی سے ایک نوٹ کھینچ کر ویٹر کے حوالے کیا اور باقی جیب میں واپس رکھتے ہوئے کچھ نیچے گرا دیئے تھے۔ جعفری دیکھ رہا تھا ، خاموش رہا۔ وہ چلے گئے تو اس نے گرے ہوئے نوٹ اٹھا کر اپنی جیب میں رکھ لئے، بل

ادا کیا اور گھر کی راہ لی، گھر پہنچ کر اس نے نوٹ گنے، پورے آٹھ ہزار تھے۔ وہ مطمئن ہو گیا تھا کہ بہت دنوں بعد گری ہوئی چیزوں کا معطل سلسلہ پھر چل نکلا تھا۔ وہ لیٹا اور سو گیا۔

مہینے کی آخری تاریخیں تھیں اور تنخواہ ملنے میں ابھی تین دن باقی تھے لیکن وہ اتنا پریشان نہیں تھا جتنا پہلے ہو جایا کرتا تھا کہ آج اس کی جیب میں آٹھ ہزار روپے پڑے تھے۔ وہ سر جھکائے فائل پر کچھ لکھ رہا تھا کہ ڈاکیا نے منی آرڈر فارم اس کے سامنے رکھا۔ اس نے فارم الٹ پلٹ کر دیکھا کہ کون مہربان ہو سکتا ہے۔ رقم بھیجنے والے کے نام کی جگہ اے بی سی لکھا ہوا تھا جو اسے سمجھ نہ آسکا۔ رقم اس نے وصول کر لی تھی۔ وہ بہت دیر تک بیٹھا اے بی سی کی گتھی سلجھاتا رہا۔ مگر کوئی سرا اس کے ہاتھ نہیں لگا اور پھر ہر ماہ اسے اتنی ہی رقم وصول ہونے لگی تھی، عجیب گورکھ دھندا تھا۔ وہ سوچنے لگا تھا کہ کسی مصیبت میں گرفتار نہ ہو جائے۔

آج پانچویں منی آرڈر کے ساتھ ایک خط وصول ہوا تھا اور اس نے حسب عادت بھیجنے والے کا نام دیکھا تھا، ظہور چوہدری ولد اللہ بخش چوہدری مرحوم لکھا تھا۔ یہ دونوں نام اس کے ذہن کے کسی گوشے میں کسی حوالے سے بھی محفوظ نہیں تھے۔ اس نے مہینہ دو پہلے کے واقعات بھی دہرا لئے تھے۔ لیکن ظہور چوہدری نام کا کوئی شخص بھی اس سے کہیں نہیں ملا تھا۔ تب اسے خیال آیا کہ آج کی ڈاک میں اسے ایک خط بھی ملا ہے۔ اس نے فوراً لفافہ چاک کر کے خط نکالا اور پڑھنا شروع کر دیا، لکھا تھا:

مقبول جعفری

آپ حیران ہوں گے کہ میں آپ کو کیسے جانتا ہوں۔ آپ کی حیرانی بجا ہے۔ میں اللہ بخش چوہدری ایڈوکیٹ کا بیٹا ہوں۔ کچھ عرصہ قبل آپ کو سوا دو لاکھ روپے کا چیک فٹ پاتھ پر پڑا ملا تھا جو کہ میرے والد کے کاغذات سے گر گیا تھا۔ آپ نے نہ صرف وہ

چیک واپس کیا بلکہ ان سے انعام بھی وصول نہیں کیا تھا۔ آپ کو یہ سن کر ضرور افسوس ہو گا کہ میرے والد گزشتہ ماہ کار کے حادثے میں انتقال کر گئے ہیں۔ آپ مرحوم کی سوچوں پر عظیم انسان کی صورت نقش ہو کر رہ گئے تھے۔ شاید مرنے سے بہت پہلے موت انسان کے جسم میں سرایت کر جاتی ہے۔ اسی لئے انہوں نے کہا تھا ظہور! میں رہوں یا نہ رہوں، ایک مزید قسط مقبول جعفری تک پہنچنی چاہئے۔ پاس مرحوم کی وصیت کے مطابق آخری منی آرڈر ارسال ہے۔

ظہور چوہدری

وکیل مر گیا! وہ سر تھام کر بیٹھ گیا۔ وہ مجھے عظیم انسان سمجھتا تھا۔ لیکن کیا میں ایسا ہوں۔ یقیناً نہیں۔ کیونکہ میں تو اب بھی لوگوں کی گری ہوئی چیزیں اٹھاتا ہوں۔

***

ابا کی خاطر

میٹرک کا نتیجہ آیا تو آسیہ اچھے نمبروں سے پاس ہو گئی تھی۔ اس نے اپنی تعلیم جاری رکھنے کے لئے ابا سے کالج میں ایڈمیشن لینے کی خواہش کا اظہار کیا تو ابا نے صاف کہہ دیا تھا۔

بیٹی تم جانتی ہو میں نے کتنی مشکل سے تمہیں میٹرک کرایا ہے اب میری نحیف کمر مزید بوجھ نہیں اٹھا سکے گی!۔ یہ کہتے ہوئے اسے ایسے لگا جیسے کسی نے دونوں ہاتھوں سے اس کی گردن دبوچ لی ہو۔

آسیہ خاموش ہو گئی تھی مگر اس کی یہ خاموشی بھی ابا کے سینے میں کیلیں گاڑتی رہی۔ ساری زندگی میں آج اسے اپنی مفلسی کا احساس ہوا تھا۔ یوں تو حالات جیسے بھی رہے تھے اس نے بیٹی کی ہر خواہش پوری کی تھی لیکن اب وقت کی سرکشی نے اسے اوندھے منہ پھینک دیا تھا۔ وہ تو خیر گزری کہ آسیہ کے دادا دو کمروں کا ذاتی مکان چھوڑ مرے تھے۔ ورنہ بات خانہ بدوشی اور فاقوں تک جا پہنچتی۔ آسیہ کا ابا کوئی سرکاری افسر تو تھا نہیں کہ کئی ہزار تنخواہ پاتا اور دیگر الاؤنس ملا کے اس میں مزید کچھ ہزار کا اضافہ ہوتا۔ سرکاری گاڑی کے ساتھ پٹرول بھی سرکاری ہوتا رہی کسر میڈیکل بل نکال دیتے لیکن پھر بھی اس کی نظر اگلے اسکیل پر جمی رہتی اور وہ پانچ کاغذوں پر دستخط کرنے کے بعد تھک کر کرسی سے ٹیک لگا کر گھنٹی بجاتے ہوئے دفتری کو بلا کر چائے لانے کو کہتا اور بجائے صبح آٹھ بجے دفتر پہنچنے کے گیارہ بجے آتا اور چار بجے چھٹی کرنے کی بجائے ایک بجے گھر لوٹ جاتا اور

خدا نخواستہ کبھی گھر بیٹھے چھینک آجاتی تو چھٹی کر لیتا۔

اس کی کریانہ کی چھوٹی سی ہٹی تھی (دوکان کہنا مناسب نہیں ہو گا) جس سے گھر کے گزارہ کے علاوہ بیٹی کی تعلیم کا سلسلہ چل رہا تھا۔ اگرچہ وہ کوئی کٹر مذہبی عقیدہ نہیں رکھتا تھا تاہم آسیہ کے نتیجہ سے پہلے ہی اپنے افلاس کو مد نظر رکھتے ہوئے یہ سوچ لیا تھا کہ بیٹی کے لئے اتنی تعلیم کافی ہے۔ پاس ہو یا فیل گھر بیٹھ کر سلائی کڑھائی کا کام سیکھے جو اسے آئندہ زندگی میں کام بھی آئی اور اب جس فکر نے اس کو گھیر رکھا تھا وہ بیٹی کی شادی تھی۔

فطرت جب اپنی موج میں ہوتی ہے تو انسان کو کیا کیا نیرنگیاں دکھاتی ہے لیکن جب زیادہ حیران کرنا چاہے تو مفلس کو حسن دیتی ہے۔ آسیہ بھی نسوانی حسن کا منہ بولتا ثبوت تھی۔ کتابی چہرہ، سرخ و سفید رنگت، باریک اور خوبصورت ہونٹ جن پر دائمی مسکراہٹ کا گمان ہو، جوانی کے نشے سے مخمور بڑی بڑی آنکھیں، نکلتا قد، گندھا ہوا بدن، بال اتنے لمبے اور کالے کہ شیش ناگ کا دل دہل جائے اور رات کائنات پر آنے کا نام نہ لے، چلے تو مور پائل بھول جائے اور اگر تھوڑا سا سنگھار کر لے تو کوئی نہ کہے یہ دلے ہٹی والے کی بیٹی ہے بلکہ وہ تو کوئی شہزادی لگے۔ چاند طلوع ہو تو ساری دنیا چاندنی میں نہا جاتی ہے۔ آسیہ کے حسن کے چرچے بھی شہر بھر میں ہونے لگے تھے۔ ایک رشتہ آیا، لڑکا کوچوان تھا۔ اس کے ابا نے چھٹی نہ کر دی۔ دو ماہ گزر گئے۔ پھر رشتہ آیا۔ لڑکا ڈرائیور تھا، ویگن چلاتا تھا ،ماں کہے جاتی تھی، میرا بیٹا لاکھوں میں ایک ہے اور پھر سارے ڈرائیور اسے استاد جی کہتے ہیں۔ آسیہ دوسرے کمرے میں باری کے ساتھ بیٹی ان کی باتیں سن رہی تھی۔ یہ سنتے ہی اسے گھن سی آئی، وہ دعا کر رہی تھی اللہ کرے ابا ناں کر دیں، مستجابی کا لمحہ تھا۔ اس کے ابا نے رشتہ دینے سے انکار کر دیا۔۔۔۔ آسیہ کے چہرے کی پیلاہٹ پھر سرخی میں بدل گئی

تھی۔

آسیہ بات سنو! وہ لوگ گئے تو اس نے بیٹی کو بلا لیا۔

جی ابا! وہ دوپٹہ اوڑھتے ہوئے آکر اس کے سامنے بیٹھ گئی تھی۔

میں نے یہاں بھی تمہارا رشتہ دینے سے انکار کر دیا ہے، پتہ نہیں اچھا کیا یا برا لیکن اتنا میں سمجھتا ہوں کہ جس کام کی گواہی دل نہ دے وہ نہیں کرنا چاہئے اور میں ان پڑھ بھی تو ہوں، تو پڑھی لکھی ہے جہاں میں غلط بات کرنے لگوں تو مجھے سمجھا دیا کر! یہ کہتے ہوئے اس کی نظریں کمرے کے ایک کونے میں چھپ رہی تھیں۔

آپ میرے باپ ہی نہیں ماں بھی ہیں، جو فیصلہ بھی کریں گے اچھا ہو گا! آسیہ نے نظریں جھکاتے ہوئے کہا۔

رشتوں کا سلسلہ کچھ عرصہ کے لئے معطل ہو گیا تھا اور اس دوران آسیہ نے اپنے لئے تھوڑی بہت چیزیں بنالی تھیں۔ لیکن یہ تو کچھ بھی نہیں تھا، ماں باپ تو چاہتے ہیں کہ بیٹی کو ڈولی میں بٹھاتے ہوئے گھر کی آخر اینٹ بھی اس کے ساتھ ڈولی میں کھ دیں۔ اس کے ابا کو یہ غم بھی اندر سے چاٹے جا رہا تھا کہ اگر کہیں رشتہ طے ہو ہی جاتا ہے تو بیٹی کا جہیز کہاں سے آئے گا۔

کہتے ہیں انسانی جوڑے آسمانوں پر بنتے ہیں۔ یوں ہی ہوا، گرمیوں کی شام تھی، آسیہ کا ابا آکر ابھی بیٹھا تھا، اس کے چہرے سے تھکن ٹپک رہی تھی، اس نے پانی کا کٹورہ بھر کے ابا کو دیا جو اس نے فوراً اپنے حلق میں انڈیل لیا۔ آسیہ پاس کھڑی ہو کر ابا کو پنکھا جھلنے لگی تھی کہ دروازے پر دستک ہوئی۔ اس کے ابا نے باہر جا کر دیکھا، ایک مرد کے ساتھ عورت بھی کھڑی تھی۔

جی فرمائیے! اس نے عورت کو نظر انداز کرتے ہوئے مرد سے مصافحہ کیا۔

میں شکیل ہوں اور یہ میرے بچوں کی ماں ہے، آپ کے پاس ایک کام کے سلسلہ میں حاضر ہوئے ہیں۔ شکیل نے کہا۔

آئیں اندر آ جائیں گھر میں صرف میری ایک بیٹی ہے وہ آپ کی بھی تو بیٹی ہے! اس نے دروازہ کھولا اور ان کو لے کر اندر آ گیا۔

انشاء اللہ ہماری بیٹی ہے۔ شکیل اور اس کی بیوی نے یک زبان ہو کر کہا۔

آسیہ نے دوسرے کمرے میں آ کر ان کو سلام کیا۔ شکیل کی بیوی نے بڑھ کر اس کے سر پر ہاتھ پھیرا۔ آسیہ کو یوں لگا جیسے اس کی اپنی ماں ہو، ماں کی قدر وہی جانتا ہے جو اس کو ترسا ہو، ممتا کے لئے تڑپا ہو، اک سکون آسیہ کے جسم و جاں میں سرایت کر گیا تھا، اسے ایک ٹھنڈک کا احساس ہوا تھا، یوں جیسے تپتے صحرا میں کوئی گھٹا کسی مسافر پر سایہ کر دے اور جانے کیوں اسے شکیل کے سراپا میں اپنے ابا کا پیکر نظر آیا۔ دور دل کے کسی گوشے میں ایک میٹھی خواہش نے انگڑائی لی۔ اس نے دوسرے کمرے میں آ کر کارنس سے شیشے کا جگ اور دو گلاس اتارے، انہیں دھویا اور ٹھنڈے گھڑے سے جگ میں پانی ڈال کر لکڑی سے بنے پتنوس میں رکھ کر اندر لے گئی۔ گھر میں میز یا تپائی نام کی کوئی چیز نہیں تھی اس لئے پتنوس اس نے دوسرے چارپائی پہ رکھا اور گلاسوں میں پانی ڈال کر دونوں کو دیا۔ شکیل کی بیوی کی نظر آسیہ کے چہرے سے نہیں ہٹ رہی تھی۔ شاید ہو یہی سوچ رہی تھی کہ اگر یہ لڑکی کسی امیر کی بیٹی ہوتی تو اور بھی خوبصورت ہو جاتی۔ آسیہ پھر ساتھ والے کمرے میں جا کر باری کے ساتھ پڑی چارپائی پہ بیٹھ گئی تھی۔ یہ ایسی جگہ تھی جہاں بیٹھ کر وہ آسانی سے ساری باتیں سن سکتی تھی۔

سادہ پانی سے آپ کی تواضع کرتے ہوئے مجھے کمتر ہونے کا احساس ہو رہا ہے اور اگر یہ بات نہ بھی کہوں تو میرے گھر کی حالت نے اپنی زبان میں آپ سے بہت کچھ کہہ دیا

ہوتا!۔ آسیہ کے ابا کی نظریں شکیل کے چہرے سے ہوتی ہوئی اس کے پاؤں پر آکر رک گئیں تھیں۔

بھائی صاحب آپ ایسی باتیں کیوں کرتے ہیں ہم بھی امیر کبیر نہیں ہیں، ایک بھرم ہے سفید پوشی کا، جو رکھے ہوئے ہیں۔ ہمارا آپ کے پاس آنے کا مقصد آپ کی بیٹی کو اپنی بیٹی بنانا ہے۔ ہمارا بیٹا عثمان ایک نیم سرکاری محکمے میں اچھے عہدے پر ہے! شکیل نے اس سے اپنا مدعا کہہ دیا تھا۔

اس نے کوئی جواب نہیں دیا، ناں بھی نہیں کی بلکہ کسی سوچ سمندر کی تہہ میں اتر گیا۔ آج اسے اپنی بیوی کی شدت سے ضرورت محسوس ہوئی۔ اس کے ذہن کے پردے پر برسوں بعد زینت کے نقوش ابھرے تھے۔ زینت کی یہ بات اسے اب بھی کل کی طرح یاد تھی۔ آسیہ کے ابا ہمارے آنگن میں دھریک اگ آئی ہے تو اس کے سائے میں بیٹھنے والا ایک اور ستانے والے بہت ہوں گے۔ آسیہ اس وقت دو سال کی تھی۔ اب وہ سوچ رہا تھا کہ زینت نے کتنی کھری بات کی تھی، کتنی دور اندیش تھی وہ شاید بیٹی کی ماں تھی اس لئے۔۔۔۔۔۔۔۔ لیکن اس جیسا مورکھ ایسی بات کہاں سمجھتا تھا۔ اس نے کہا تھا، اوئے زینتے تو ایسی باتیں کر کے مجھے وقت سے پہلے بڈھا کر دے گی۔

آپ نے ہمیں کوئی جواب نہیں دیا! شکیل نے اس کی اٹوٹ خاموشی کو توڑنا چاہا۔

جی وہ میں، دراصل آسیہ کی امی سے بات کر رہا تھا! یہ کہتے ہوئے اس کی آنکھوں سے آنسوؤں کے چشمے پھوٹ پڑے تھے، ادھر آسیہ بھی اشکوں کی لڑیاں پرو رہی تھی۔ اسے بھی ماں بہت یاد آرہی تھی۔

آپ پریشان نہ ہوں، ہماری طرف سے آپ کو کوئی شکایت نہ ہوگی۔ شکیل کہہ رہا تھا۔

اچھا۔۔۔۔ تو پھر آسیہ میں نے آپ کی جھولی میں ڈال دی، آپ کی بات سے میری ڈھارس بندھی ہے لیکن میرے پاس بیٹی کو جہیز میں دینے کے لئے کچھ بھی نہیں ہے، اگر کل ہمارے درمیان اس بات پہ تکرار ہو تو بہتر ہے یہ بھی ابھی طے کر لیا جائے! اس نے شکیل کے سامنے اپنی حالت دھر دی تھی۔

آپ اس کی بھی فکر نہ کیجئے اللہ بہتر کرے گا!

شکیل نے اس کی مزید حوصلہ افزائی کی اور یکدم اٹھ کر باہر نکل گیا، چند منٹ بعد واپس آیا تو اس کے ہاتھ میں مٹھائی کا ڈبہ تھا۔ ہم دو ماہ کے اندر بیٹے کی شادی کرنا چاہتے ہیں !اس نے ڈبہ آسیہ کے ابا کے ہاتھ میں رکھتے ہوئے کہا۔ وہ چلے گئے تو باپ بیٹی دکھ سکھ بانٹنے اکٹھے ہو بیٹھے۔

بیٹی پتہ نہیں کیوں میرے منہ کو چپ لگ گئی تھی۔ انہوں نے مجھے بہت تسلی دی، میری ہمت بندھائی، تب میں نے اپنا کلیجہ نکال کر ان کی ہتھیلی پر رکھ دیا۔ میرا دل بار بار یہ کہہ رہا تھا کہ میری بیٹی یہاں سکھی رہے گی۔ میں نے یہاں تیرا رشتہ دے دیا ہے۔ آگے تیری قسمت !وہ کہہ کر چپ ہو رہا۔

آسیہ نے کچھ نہیں کہا، بس پرے دیکھتے ہوئے زمین پر اپنی نظریں رگڑتی رہی۔ اس رشتے پر وہ بھی مطمئن تھی پر جس بات نے اسے پریشان کر رکھا تھا وہ یہ تھی کہ اس کے بعد ابا کا خیال کون رکھے گا۔ وہ ابا جو اس کی ماں مر جانے کے بعد اس کے لئے کھانا بناتا تھا، اس کے کپڑے دھوتا تھا، جب یہ پانچ سال کی ہوئی تو انگلی سے پکڑ کر اسکول داخل کرا آیا تھا۔۔۔۔۔۔۔۔ کتنے کٹھن راستے پر چلا تھا اس کا ابا لیکن دوسری شادی نہیں کی تھی، کیوں !؟اس کے لئے اس کی تربیت کے لئے سوتیلیاں ایسی تربیت کہاں کرتی جیسی اس کے ابا نے کی تھی، ان پر تو خاوند کی پہلی بیوی سے اولاد بوجھ ہوتی ہے، وہ نفرت کرتی

ہیں۔ ظلم بھی کرتی ہیں اور خاوند کو اولاد سے بد ظن بھی کرتی رہتی ہیں۔ اسے تھوڑا تھوڑا یاد پڑتا تھا بہت رشتہ داروں نے ابا سے کہا تھا کہ آسیہ کی خالہ کنواری ہے تم چاہو تو یہ رشتہ ہو سکتا ہے۔ ماں نہیں تو مانسی ہو گی۔ ابا نے صاف انکار کر دیا تھا۔ وہ اس وقت ابا کی گود میں بیٹھی جیب کی تلاشی لے رہی تھی۔ اسے کیا پتہ تھا ماں مر گئی ہے اور ممتا ساون کی ٹھنڈی پھوار اب اس پر کبھی نہیں پڑے گی، مہربان گھٹا برس کر چھٹ چکی تھی اور اب تیز دھوپ میں اس کا معصوم بدن جھلسے گا، ایسے میں ابا نے وہ دھوپ اپنے جسم پر لے لی تھی، خود پگھلتا رہا لیکن اس کو بچائے رکھا۔ اس کی ماں زندہ ہوتی تو ابا کتنا بے فکر ہوتا، دونوں بیٹھ کر دکھ سکھ بانٹتے، مگر اب۔۔۔۔۔۔۔۔۔ ابا اکیلا رہ جائے گا۔۔۔۔ نہیں! وہ ابا کو تنہا نہیں ہونے دے گی۔ وہ اس رشتے سے انکار کر دے گی۔ اس نے دل میں فیصلہ کر لیا تھا۔

آسیہ کچھ کہو بیٹی میں تمہاری ہاں اور نہیں کے درمیان کھڑا ہوں! اس کو آسیہ کی طویل خاموشی کھٹکنے لگی تھی۔

ابا۔۔۔۔۔۔۔۔ مجھے۔۔۔۔۔ یہ رشتہ پسند نہیں! اس نے بہت سوچا کیا کہے، کوئی ایسی بات نہ کہہ دے جس سے ابا کی دل آزاری ہو ابا کی انا پر ضرب پڑے۔ لوگوں سے پہلے اس کے کردار پر ابا کی انگلی نہ اٹھ جائے۔ یہ تو اس نے بعد میں سوچا کہ ابا کے سامنے اسے رشتہ سے متعلق اپنی پسند یا ناپسندیدگی کا اظہار نہیں کرنا چاہئے تھا، ابا کیا سوچے گا، اگر یہ رشتہ پسند نہیں تو کون سا پسند ہے۔ یہ خیال آتے ہی اس کی پیشانی پر تریلی سی آ گئی تھی۔

میرے خیالوں میں تو ابا کے سوا کسی کا گزر بھی نہیں ہوا! آسیہ نے خود کلامی کی۔

ماں بیٹی کی سہیلی ہوتی ہے اس لئے اس کے ساتھ کھل کر بات کر سکتی ہے لیکن بیٹا

باپ کا دوست نہیں ہوتا ان کے درمیان احترام حد فاصل ہوتا ہے۔

میری دانست میں تو یہ لوگ اچھے تھے لیکن بیٹی، میں تم سے یہ نہیں پوچھوں گا کہ تھوڑی سی دیر میں تمہیں ان میں کیا خرابی نظر آئی، میری خواہش ہے کہ تم سکھی زندگی گزارو۔ اب تمہاری ماں تو ہے نہیں جس سے تم دل کی بات کہتی، میں نے بھی تمہیں ماں بن کر پوسا ہے لیکن میں بہر حال تمہارا باپ ہوں۔ اس کے ابا نے کسی پریشانی کا اظہار نہیں کیا۔

نہیں ابا! میرے دل میں کوئی بات نہیں ہے، اس نے دوپٹے سے ڈھانپے ہوئے سر کو مزید ڈھانپا اور وہاں سے اٹھ گئی۔ اس نے جو سوچا تھا وہی ہوا۔ ابا کی گرہ دار بات نے اسے پریشان کر دیا تھا، اسے یوں لگ رہا تھا جیسے وہ بکھر رہی ہو۔ چند لمحے پہلے اس نے اپنے لئے کتنا حسین محل تیار کیا تھا، کتنے مہربان لوگ اس کے گرد اکٹھے ہو گئے تھے۔ شکیل کی بیوی تو اسے یوں لگی جیسے اس کی اپنی ماں ہو، اس نے تصور میں عثمان سے گھونگھٹ بھی نکال لیا تھا۔ ابا سے کہہ کر اس نے اپنے آپ سے کتنا بڑا جھوٹ بولا تھا، اپنے سر سے ٹھنڈے سائے خود ہی نوچ لئے تھے، سکھ تیاگ دیا تھا، لیکن کس کے لئے اپنے ابا کی خاطر۔۔۔۔۔۔۔ یہ سوچ کر وہ مطمئن ہو گئی۔

* * *

کم ظرف

ایک بڑے سٹور میں اسے نوکری کیا ملی، لگا جیسے کسی سوکھے پیڑ نے بہار قبول کرلی ہو اور اب اس پر کونپلیں آنی شروع ہو گئی ہوں۔ جب وہ کسی دوست کو صبح دفتر جاتے دیکھتا یا شام کو لوٹتے ہوئے مڈ بھیڑ ہو جاتی تو ایک حسرت جیسے اس کا گلا دبانے لگتی۔ احساس اس پر آرے چلانے لگتا اور پھر وہ اپنے وجود کو کہیں چھپانے کی کوشش کرتا۔ وہ سوچا کرتا کہ اس کی پیشانی کی لکیریں اتنی مدھم ہیں کہ زندگی کسی دھڑے پر آ ہی نہیں رہی۔ اسے یہ خیال بھی آتا کہ کاش وہ گریجویٹ نہ ہوتا، سکول میں پچھلے بینچ پر بیٹھتا، ماسٹر سے ڈنڈے، تھپڑ اور لاتیں کھاتے ہوئے بھاگ جاتا، لاری اڈے کی طرف یا جدھر منہ آتا، اسے پکڑ کے لایا جاتا، پھر بھاگ جاتا اور یوں بھاگتا کہ مڑ کے سکول کا منہ نہ تکتا۔ آخر کار والد اسے کسی موٹر مکینک کے پاس چھوڑ دیتا اور آج وہ اس قابل ہوتا کہ روزی روٹی کی فکر سے آزاد ہوتا مگر وہ تو ایسا طالب علم ہی نہیں تھا، وہ تو ہمیشہ سامنے کے بینچ پر بیٹھا۔ لائق لڑکے ہمیشہ اس کے دوست رہے اور میٹرک تک ماسٹروں کی گڈ بکس میں رہا۔ لیکن اس کا بت بنانے کے لئے فرشتوں نے شاید سمندر کی تہہ سے مٹی لی تھی اور اس کا نصیب اس میں گوندھ لیا تھا۔ یخ ٹھنڈا، چکنا سا، آسودگی کا ہر لمحہ اس کے نصیب سے ٹکرا کر پھسلتا تو جیسے پاتال میں اتر جاتا۔

میٹرک تک تو وہ پیارا سا لڑکا تھا، توجہ کھینچنے والا، گندھا ہوا بدن، گول مول چہرہ اور چہرے پر دو بڑی بڑی ہمہ وقت مسکراتی آنکھیں، نکلتا قد اور سفید گندمی رنگت۔ سکول کا

یونیفارم پہنے وہ سب سے الگ نظر آتا۔ پر جانے کیوں کالج پہنچتے ہی اس کے چہرے کے اطراف میں کالا ریشم اترنے لگا۔ آنکھوں کی مسکراہٹ شعور کی بیداری میں ضم ہونے لگی۔ وقت ہمیشہ آگے چلتا ہے یوں بچے جوان، جوان بوڑھے جب چار کندھوں کے سہارے گھر سے نکلتے ہیں تو کبھی لوٹ کر نہیں آتے۔ اس کی نظریں اب والد کے چہرے پر اکثر ٹک جایا کرتی تھیں جس سے ماس ڈھلکنے لگا تھا اور گردن پر گوشت کی ایک الگ سی تہہ آنے لگی تھی۔ نوجوانی کے نشے میں ڈوبی نیند میں جب کبھی وہ کروٹ بدلتا تو والد کی انگلیوں میں سگریٹ تھامے بیٹھا دیکھتا۔

اباجی لیٹ جائیں! بے فکری کی نیند اتنی مہلت ہی دیا کرتی ہے۔ وہ پھر گہرا سو جاتا، اسے تو یہ بھی پتا نہیں ہوتا کہ رات کو کون سا پہر ہے، وہ کتنا سو چکا اور والد کب سے جاگ رہا ہے۔

اچھا بیٹا تم سو جاؤ! والد کی یہ بات اس پر نیند کی ایک اور تہہ چڑھا دیتی اور پھر صبح کی آنکھ کھلتی تو والد دکان پر چلا گیا ہوتا۔ وہ کہاں جاتا، بس یہی احساس اس کے لئے سوہان روح بنا ہوا تھا اور اب وہ اکثر سوچنے لگا تھا کہ کسی طرح والد کا بازو بن جائے۔ اسی خیال کے زیر اثر اس نے مختلف سرکاری دفتروں میں درخواستیں دے ڈالیں۔ لیکن گزرتے دن جب مہینوں میں بدلنے لگے تو یہ سوچ کر اس کا دل دکھتا کہ اس کی درخواستیں جانے کہاں چلی جاتی ہیں۔ کہیں سے بھی تو اس کو بلاوا نہیں آیا اور پھر راتوں کو اس کی نیند ٹوٹنے لگی۔ شاید پریشانی نیند چوس لیتی ہے۔ اب کہیں جا کر وہ سمجھا تھا کہ اباجی رات کو کیوں بیٹھے رہتے ہیں اور اسے۔"تم سو جاؤ" کیوں کہتے ہیں۔ شاید کہنا چاہتے ہوں جاگنے کے لئے میں ہوں ناں۔۔۔۔۔۔

سٹور پر آئے اسے آج تیسرا دن گزر گیا تھا لیکن مالک سے ملاقات نہیں ہوئی تھی۔

شاید یہی وجہ تھی کہ پرانے کارکن اسے گھاس نہیں ڈال رہے تھے۔ یوں جیسے وہ کوئی چھوت کی بیماری ہو، جسے وہ ہاتھ ملائے گا وہ بھی اس جیسا ہو جائے گا، وہ جن کے پاس بیٹھے گا، یہ بیماری اسے بھی لگ جائے گی، شاید اسی لئے کرسیاں موجود ہونے کے باوجود بیٹھنے کے لئے اسے پلاسٹک کا میلا سا سٹول دیا گیا تھا جس پر غالباً وہ لوگ پاؤں رکھ کر اوپر کے ریک سے کوئی چیز گاہک کے لئے اتارتے ہوں گے۔ جب وہ ایک دوسرے سے مخول کر کے قہقہہ لگاتے تو اسے رشک آتا لیکن ساتھ ہی یہ خیال بھی آتا کہ ہنسنے کے لئے دل کا سر سبز ہونا ضروری ہے، بنجر دل لوگ کب ہنستے ہیں۔ اگرچہ ساتھیوں کا یہ رویہ اسے اچھا نہیں لگ رہا تھا لیکن حالات سے سمجھوتا اس کی مجبوری تھی کہ یہ نوکری بھی اسے ایک سفارش سے ملی تھی اور وہ اسے گنوانا نہیں چاہتا تھا۔ پتا نہیں مالک مزاج کا کیسا ہو!! اس نے خود کلامی کی۔

دن کے گیارہ بج رہے ہوں گے جب ایک سبز رنگ کی مرسیڈیز پارکنگ میں رکی۔ سٹور میں یکدم بھگدڑ سی مچی اور خاموشی چھا گئی۔

کیشئیر کاؤنٹر پر متوجہ ہو کر بیٹھ گیا اور باقی چار رکن اپنے اپنے ریک کی جھاڑ پونچھ کرنے لگے، اگر کوئی پیکٹ ترتیب میں نہ ہوتا تو اسے درست کر دیتے اور کبھی کبھی جھانک کر کار سے اترنے والے شخص کو دیکھ لیتے۔ کار سے ایک طویل قامت کا آدمی اترا۔ اس نے شفاف سفید شلوار قمیض پہنی ہوئی تھی۔ سرخ و سفید چہرہ، سیاہ کالے بال اور آنکھوں پر Ray Ben کے چشمے نے اس کی شخصیت کو مزید پر وقار بنا دیا تھا۔ آہستہ آہستہ چلتا۔ ریکوں کی راہداری سے گزرتا اپنے دفتر کے پاس پہنچا اور مڑ کر کھڑا ہو گیا، ایک نگاہ سٹور پر ڈالی اور دفتر میں جا کر بیٹھ گیا۔ سب لوگوں نے اسے باری باری سلام کیا۔ اس نے سب کو ایک ہی جواب میں بھگتا دیا۔ وہ بھی سٹول سے اٹھا تھا، اس نے بھی سلام کیا تھا لیکن اسے

جیسے نظر انداز کر دیا گیا تھا۔ اسے لگا جیسے اس کے اندر کوئی بہت بڑی عمارت زمین بوس ہو گئی ہو۔

ایک گھنٹی بجی، اس کا مطلب تھا، کیشئیر کو طلب کیا گیا ہے، اس نے کیش بکس مقفل کیا اور فوراً اندر لپکا۔ مالک فون پر کسی سے بات کر رہا تھا۔

نئے لڑکے کو بلاؤ! مالک نے ریسیور واپس رکھتے ہوئے کیشئیر کی طرف دیکھا۔

جی اچھا! اور اس نے اسے اشارے سے اندر جانے کو کہا۔

اسے لگا جیسے وہ کسی ایسے محاذ پر جا رہا ہو جہاں صرف ایک گولی اس کی منتظر ہو۔ وہ بکھر کر رہ گیا لیکن اس نے اپنے آپ کو سمیٹ کر ایک گٹھڑی میں رکھا اور دفتر کی جانب ہو لیا۔

آؤ، وہ کریم صاحب بہت دنوں سے یہاں تمہاری نوکری کے لئے اصرار کر رہے تھے، تم دیکھ چکے ہو گے کہ یہاں عملہ مکمل ہے، تم Surplus رہو گے، فی الحال تمہیں اڑھائی ہزار ملیں گے۔ ہم تمہارے کام، محنت اور دیانت داری کا جائزہ لیں گے۔ اطمینان کی صورت میں پیکج میں اضافہ ہو سکتا ہے۔ ابھی تم جاؤ اور میری گاڑی صاف کر کے پھر میرے پاس آؤ۔۔۔۔۔۔۔۔۔

جہاں سوچوں پر بہار اتر رہی تھی پل بھر میں شعلے برس گئے۔

جی! اور وہ یوں دفتر سے نکلا جیسے مالک نے اسے دھکے دے کر نکال دیا ہو۔ وہ گاڑی بھی صاف کرتا رہا اور کڑھتا بھی رہا۔ تنور میں پڑی گیلی لکڑی کی طرح، سوچتا رہا یہ کیا کام ہوا، آدھ گھنٹہ گزر گیا، مرسڈیز لشک گئی لیکن اس سے اٹھنے والی دھول اس کے دل و دماغ پر اڑتی رہی۔ اس عرصہ میں اس نے جانے کیا کیا سوچا، پر ہر سوچ کے آگے ایک دیوار، بہت دور تک پھیلی ہوئی، آسمان سے باتیں کرتی۔۔۔۔۔۔۔ کہیں سے ایک بھٹکتا

ہوا خیال آیا اور اس کی انگلی تھام لی، گھبراؤ نہیں، یہ تمہارا امتحان تھا، تم سرخرو ہوئے، دہکتی آگ پر جیسے بارش برس گئی۔ یہ نوکری حاصل کرنے کے لئے تو وہ کئی گاڑیاں صاف کر سکتا ہے، گاڑیاں کیا وہ تو واش روم دھونے کو بھی تیار ہے، اسے ایک آسودگی کا احساس ہوا۔

گاڑی صاف ہو گئی جناب!

اچھا یہ بتاؤ کچھ پڑھ لکھ سکتے ہو۔

جی ہاں! اس کا جی چاہا فلک شگاف قہقہہ لگائے۔

کتنا پڑھے ہو

بی اے، گریجویٹ ہوں

مالک کی آنکھیں جیسے حیرت سے پھیل گئیں۔ اس کی نگاہیں اس کے چہرے کے درشن کر کے لوٹیں تو اپنی ہی جھولی میں گر گئیں۔ اس نے اپنا نچلا ہونٹ دانتوں میں رکھ لیا اور چند لمحے یوں خاموش ہو گیا جیسے اپنا سامنا کرنے سے کترا رہا ہو، جیسے اس کے جسم میں یکبارگی کئی سوئیاں چبھ گئی ہوں اور وہ ایک ایک کر کے نکال رہا ہو۔ لگ رہا تھا جیسے وہ ایک پشیمانی سے گزر رہا ہو لیکن۔۔۔۔۔

میں ایم اے ہوں، پتا نہیں اسے اپنی تعلیم بتانے کی ضرورت کیوں محسوس ہوئی۔

جی، تعلیم جتنی ہو کم ہے۔

ہاں۔ اب تم جاؤ میں کیشئیر سے کہہ دیتا ہوں۔

اس نے ایک بار پھر سلام کیا اور دفتر سے باہر آ کر کیشئیر کے پاس چلا گیا۔ وہ پوری دیانت داری سے کام کرتا رہا، کسی کو اس سے شکایت نہیں تھی۔ دہ ماہ بیت گئے کہ ایک دن مالک کی نگاہ اس پر پڑی اور چپک کر رہ گئی۔ اس کے چہرے پر ایک ناخوشگوار سا تاثر

ابھرا۔ اسی لمحے اس کا چہرہ بجھ گیا، وہ سوچتا رہا آخر کیا بات ہوئی جو مالک کو وہ اچھا نہیں لگا۔

یہ مشق جب کئی دن جاری رہی تو اس نے والد سے کہہ دیا۔

"تم اچھا لباس پہن کر سٹور پر نہ جایا کرو۔"

اس کا والد یہ کہہ کر مطمئن ہو گیا۔

٭ ٭ ٭

ماں کا سچ

"ماں لے آتی ہے مانگ کے، اور تو مشٹنڈے، تین وقت بیٹھ کے کھاتا ہے، گڈا اڑاتا ہے یا پڑ کے سو رہتا ہے۔ سات سال کا ہو گیا ہے۔ تو کیسے اپنے پیروں پہ کھڑا ہو گا۔ چل میرے ساتھ، سیکھ لے تھوڑا بہت، کام آئے گا" ماں نے بریمے کو کان سے پکڑ کر آگے لگا لیا تھا۔

"کان چھوڑ ماں، چلتا ہوں۔ اس میں سیکھنے کی کون سی بات ہے۔ ایک سے مانگو، نہ ملے تو آگے چل کر دوسرے سے مانگ لو۔" بریمے نے کان چھڑاتے ہوئے ماں کی طرف دیکھا جو بائیں پہلو میں اس کے دو سال کی بھائی کو اٹھائے جا رہی تھی۔

"ماں! میرا باپ کیوں نہیں مانگتا۔ وہ جھونپڑی میں پڑا سارا دن حقہ گڑ گڑاتا ہے یا پٹی کے مردوں کے ساتھ تاش کھیلتا ہے۔ اور تو صبح گھر سے نکلتی ہے تو دوپہر کا کھانا بھی رکھ آتی ہے!" بریمے کے معصوم ذہن میں یہ سوال جانے کب سے پرورش پا رہا تھا۔

"ابھی تو نہیں سمجھے گا۔" ماں نے سنی ان سنی کر دی تھی۔

جھونپڑی سے چل کر ایک سو قدم کے فاصلے پر لاری اڈا تھا اور بریمے کی ماں معمول کے مطابق پہلے وہیں گئی تھی۔ لاری اڈے میں داخل ہوتے ہی بھوکی نظریں اس کے جسم میں چھید کرنے لگتیں۔ وہ اگرچہ جھونپڑی والی تھی پر ناک نقشہ تو خدا بناتا ہے۔ رنگت اتنی کالی بھی نہیں تھی۔ بس یوں جیسے سورج کے ڈوبتے مشرق سے سرمئی رات جھانکنے لگتی ہے۔ سونے کے زیور تو ان کی نسلوں کو نصیب نہیں ہوتے لیکن چاندی اور گلٹ تو ان

کے بس میں ہوتا ہے۔ اس نے بھی چاندی کی بڑی بڑی بالیاں پہن رکھی تھیں۔ جن میں جابجا رنگین نگ ایسے جڑے تھے جیسے گرمیوں کی کسی شام یک دم بارش ہو کر آسمان صاف ہو جائے اور سورج اپنی ست رنگی روشنی افق پر پھیلا دے۔ وہ بسوں اور ویگنوں کے درمیان سے گزرتی ایک ہوٹل کے سامنے جارکی۔

"بڑے دنوں بعد آئے ہو بادشاہو! ہوٹل والے نے ابلتی چائے پھینٹتے چھوڑ کر اس کی طرف دیکھا اور جیسے کھو گیا۔ چائے ابل کر چولھے پر گری تو شوں کی آواز سے اس نے بریے کی ماں کے چہرے سے چپکی نظریں کھینچ لیں۔ غلے میں ہاتھ ڈال کر ایک روپے کا سکہ اس کی طرف بڑھایا۔ بریے نے بڑھ کر سکہ لیا اور اپنی چھوٹی چھوٹی آنکھوں سے ہوٹل والے پر چند لمحے غضب برسا کر لوٹ آیا۔ ماں اس کی انگلی پکڑ کر آگے چل دی۔

چند قدم چلنے کے بعد، اس سے قبل کہ اس کی ماں کہیں اور رکتی، اس نے ماں کو ہاتھ سے پکڑ کر روک لیا۔ اس کے چھوٹے سے ہاتھ میں جانے اتنی طاقت کہاں سے آگئی تھی کہ ماں فوراً رک گئی۔ "ماں! ہوٹل والے نے ایسا کیوں کہا تھا؟ میرا اس وقت جی چاہا، ابلتی چائے سے بھری دیگچی اس کے سر پر الٹ دوں۔"

"تو اگر ایسا سوچے گا تو کوئی مجھے پھوٹی کوڑی بھی نہیں دے گا۔ اور دیکھ بریے! مانگنے والا دینے والی کی ہر بات سنتا بھی اور سہتا بھی ہے۔ تو نے پہلی بار ایسا سنا ہے۔ اس لئے تجھے اچھا نہیں لگا۔ میں روز سنتی ہوں، اس کے علاوہ بھی بہت کچھ۔ لیکن جب میری ہتھیلی میں روپیہ آجاتا ہے تو میں سمجھتی ہوں دینے والے نے جو بھی کہا میں نے اپنا حق وصول کیا۔ "چلو چلیں" ماں نے اسے سمجھایا اور آگے چل دیے۔

لاری اڈا کی حد ختم ہونے سے پہلے ایک میڈیکل سٹور تھا جہاں وہ اگر دن میں دو بار بھی جاتی تو خالی ہاتھ نہیں لوٹی تھی۔ اس سٹور کا مالک ایک ادھیڑ عمر شخص تھا جو اسے کچھ

کہنے کا موقع دیے بغیر اس کی ہتھیلی پر روپیہ رکھ دیتا تھا۔ لیکن آج جونہی وہ سٹور کے سامنے پہنچی اسی لمحے دو تین گاہک بھی آپہنچے۔ سٹور کا مالک ادھر مشغول ہو گیا۔ وہ کھڑی رہی۔ بغل میں اٹھایا بچہ رونے لگا۔

"چپ کر اوئے سور کے پتر۔" بریمے نے بھائی کو غلیظ گالی دی اور وہ یوں خاموش ہو گیا جیسے بریمے کے تیور بھانپ گیا ہو۔

"چل اب چلی بھی جا۔ پھر لے جانا۔ دیکھتی نہیں گاہک کھڑے ہیں۔" سٹور والے کا لہجہ ترش تھا۔

"چلے جاتے ہیں۔ تو کون سا سو روپے دینے والا ہے!" بریمے کی زبان نے حرکت کی۔

ماں نے اس کی پیٹھ پر تھپڑ دے مارا اور اس کو آگے لگاتے ہوئے سڑک پار کر کے کچہری کے احاطے میں داخل ہو گئی۔ پارکنگ عبور کرتے ہی منشیوں کے پھٹے شروع ہو جاتے تھے۔ زیادہ تر کے پاس بھیڑ لگی ہوئی تھی لیکن کچھ بے کار بیٹھے چائے کی سرکیاں بھر رہے تھے۔ سلیم الدین ایڈووکیٹ کا منشی جوان تھا لیکن سر کے اکثر بال سفید ہونے کی وجہ سے چاچا سا لگتا تھا۔ چہرے پر دائمی ویرانی چھائی رہتی۔ اسیر ہوس نظریں ہمیشہ کسی مجبور و بے بس پر لگی رہتیں۔ بریمے کی ماں اس کے پھٹے سے چار قدم پرے رک گئی اور جھک کر اس کے کان میں کہا" جا اس چاچا سے ایک روپیہ لے آ۔"

بریمے کے پاؤں میں جیسے بیڑیاں پڑ گئیں۔ ماں کیا کہوں چاچا سے؟ اس نے سر اٹھا کر ماں کا چہرہ دیکھا۔

"چاچا ایک روپیہ دے۔ بھوک لگی۔ روٹی کھاؤں گا!" ماں نے اسے پہلا سبق دیا۔

منشی کے پاس پہنچ کر اس نے اپنا چھوٹا سا ہاتھ پھیلا کر ماں کا دیا ہوا سبق دہرایا۔"

چاچا ایک روپیہ دے بھوک لگی ہے۔۔۔۔۔۔۔"

"چل دفع ہو۔ بھوک لگی ہے تو باپ سے مانگ۔ میں کوئی تیرا۔۔۔۔۔۔۔۔۔ صبح سے میں خود خشک بیٹھا ہوں۔" منشی نے اسے بری طرح جھڑک دیا۔

"چاچا ایک روپیہ مانگا ہے تو بات بھی ایک روپے کی کر!" بریمے نے اپنی چھوٹی چھوٹی آنکھیں پھاڑ کر منشی کی طرف دیکھا جو کسی مقدمے کی مثل ڈھونڈنے میں مشغول ہو گیا تھا۔ وہ ماں کے پاس لوٹ گیا۔ اس کی نظریں جھکی ہوئی تھیں۔ اور وہ سوچ رہا تھا کہ گداگری کا آغاز ہی ایک خبیث آدمی کے در سے کیا۔ وہ ماں کے پاس پہنچ کر خاموش کھڑا ہو گیا۔ ممتا موجزن ہو گئی۔

"کیوں بریمے!" ماں نے جھک کر اس کی آنکھوں میں دیکھا۔ پلکوں پر آئے آنسو رخساروں پر بہہ نکلے۔ ماں کے کلیجے پر چھری چل گئی اور اس نے بریمے کے گیلے گالوں پر بوسہ دے کر معصوم دل سے ساری پریشانی چوس لی۔

"ماں! تو نے مجھے اس کے پاس بھیجا کیوں؟" بریما مچل گیا۔

"بریمے! ہمارے لئے کوئی دینے والا مخصوص نہیں۔ ہم تو ہر ایک سے مانگتے ہیں اور پشتوں سے مانگے چلے آرہے ہیں۔ بھیک مانگنا گھٹیا کام ہے لیکن اس کو فن سے الگ نہیں کیا جا سکتا۔ میری ماں نے یہ فن اس وقت میرے اندر منتقل کیا تھا جب میں تمہاری جتنی تھی۔ میں نے پانچ سال میں اپنا فن اتنا پالش کر لیا تھا کہ مجھے دیکھتے ہی بڑے سنگدل اور بخیل کا ہاتھ بھی خود بخود جیب میں چلا جاتا۔"

"مجھے تیری باتیں سمجھ نہیں آرہیں ماں۔" بریمے نے اکتا کر اس کی طرف دیکھا۔

"اچھا چل" اور دونوں گیٹ نمبر دو سے باہر آگئے۔ اچانک اس کی نظر کار میں بیٹھی ایک خاتون پر پڑی۔ وہ تیزی سے اس کی طرف لپکی۔ بریما بھی دوڑ کر اس کے پاس پہنچ گیا

تھا۔"بی بی! میرے چھوٹے چھوٹے یتیم بچے ہیں۔ کچھ مدد کرو!"

بریما کھکھلا کر ہنس پڑا"ماں! ابا تو پٹی میں بیٹھا تاش کھیل رہا تھا۔""چپ کر حرامی۔"ماں نے اسے فوراً جھڑک دیا۔

"تم جھوٹ بول رہی تھیں اس لئے تمہیں کچھ نہیں ملے گا۔ ادھر آؤ بیٹا! شاباش! تم نے سچ بولا ہے۔ یہ لو پانچ روپے اور دیکھو تم جب اور جہاں سچ بولو گے تمہیں پانچ روپے ملیں گے۔ اور یہ تیرا انعام ہے، بھیک نہیں۔" خاتون نے بریمے کے سر پر ہاتھ پھیرا اور کار آگے بڑھا دی۔

"لا مجھے دے"ماں نے وہیں کھڑے اس سے نوٹ مانگ لیا۔

"نہیں یہ میرا انعام ہے، بھیک نہیں ہے۔ آج میں بڑا گڈا خریدوں گا اور ہر وقت سچ بولوں گا۔

"مانگنے سے ایک اور سچ بولنے سے پانچ روپے ملتے ہیں۔" بریمے نے پانچ کا نوٹ چھوٹی سی جیب میں ڈال کر اوپر ہاتھ رکھ لیا تھا۔

"بیڑا غرق ہو جائے اس کا۔ میرے بچے کو غلط سبق دے گئی۔ بریمے! ہم جھوٹ نہیں بولیں گے تو کھائیں گے کہاں سے؟ سچ ہمارے دھندے کا دشمن ہے۔ اور جب تو جوان ہو جائے گا تو مانگنے کے لئے کیا سچ بولے گا؟ کیا کہے گا دینے والے سے؟ بازو یا ٹانگ پر جھوٹ موٹ کی پٹی نہیں باندھے گا؟ ہاتھ میں چھڑی پکڑ کے اندھا نہیں بنے گا؟ تین روز کی بھوک چہرے پر نہیں تان لے گا؟ کسی ڈاکٹر کے کمپوڈر سے مل کر ٹی بی کا جعلی سرٹیفیکیٹ نہیں بنوائے گا؟ مانگنے کے لئے تو کون کون سا بہانہ نہیں تراشے گا۔ اور میں جانتی ہوں اس کے بغیر تو کوئی دوسرا کام نہیں کرے گا۔ بریمے! تو نے میرا شیر پیا ہے۔ تیری رگوں میں بھکاری کا خون ہے۔ تو اسی ماحول میں پل کر بڑھ رہا ہے۔ تیرے باپ نے

شادی کرنے تک سچ نہیں بولا اور اب اسے جھوٹ بولنے کی بھی ضرورت نہیں۔"

بریمے نے ماں کی باتیں ایک کان سے سن کر ایک سے نکال دیں تھیں۔

سورج کے طلوع و غروب نے جہاں بریمے کو جوانی کی دہلیز فراہم کی تھی، حسین خواب دیکھنے کے لئے طویل راتیں مہیا کی تھیں۔ وہاں دو سال کے دوران ماں باپ کی موت کا صدمہ سہنے کا حوصلہ بھی دیا تھا۔ باپ کینسر سے چل بسا تھا اور ماں کو ایک رات زہریلے سانپ نے ڈس لیا تھا۔ ماں کی زندگی میں ہی اس نے باقاعدہ گداگری کا آغاز کر دیا تھا۔ سچ کہنے کی بات اسے ایسے یاد تھی جیسے کل کی بات ہو۔ اسے تو کار میں بیٹھی خاتون کا چہرہ بھی یاد تھا۔ وہ مانگتا ضرور تھا لیکن جھوٹ نہیں بولتا تھا۔ مانگتے ہوئے وہ صرف یہ کہتا" نام مولا ایک روپیہ جی۔" کبھی کوئی اس کی صدا پر ایک روپیہ اس کی ہتھیلی پر رکھ جاتا لیکن اکثر لوگ بے سماعت ہو کر گزر جاتے تھے۔ صبح سے شام تک وہ بمشکل چند روپے اکٹھے کر پاتا تھا جو ایک جوان بھکاری کے لئے ناکافی تھے۔ دھندا چمک نہیں رہا تھا اور اس کی وجہ سے اسے خاصی پریشانی ہو رہی تھی۔ وہ چند دنوں سے سوچ رہا تھا اور آج رات اسے کوئی حتمی فیصلہ کرنا تھا اس لئے بہت دیر تک جاگتا اور کروٹیں بدلتا رہا۔ پھر جانے اسے کیا سوجھی کہ اٹھا، لالٹین روشن کی، رسی پر لٹکتے کپڑوں میں اپنی ایک پھٹی ہوئی قمیض جا نکالی اور پھاڑ کر بہت ساری پٹیاں بنا ڈالیں۔ لالٹین گل کی اور اطمینان سے سو گیا۔ صبح اٹھ کر اس نے بائیں بازو کے ہاتھ سے کہنی تک تیل مل کے کس کر پٹی باندھتے ہوئے اسے گلے میں لٹکایا اور جھونپڑی سے نکل کر لاری اڈے سے ہوتا شہر آ گیا۔ راستے بھر اسے یہ احساس ہوتا رہا کیسے کوئی عورت اس کے کان میں سرگوشی کر رہی ہو مگر وہ سمجھ نہ پا رہا ہو۔ بالآخر وہ ایک جگہ رک گیا۔ سرگوشی صاف آواز میں بدل رہی تھی۔ "ادھر آؤ بیٹا شاباش تم نے سچ بولا ہے۔ یہ لو پانچ روپے۔۔۔۔۔۔ اور یہ تمہارا انعام ہے بھیک نہیں

"۔۔۔۔۔۔۔اس کے دوسرے کان میں کسی نے کہا"بریے ہم جھوٹ نہیں بولیں گے تو کھائیں گے کہاں سے، سچ ہمارے دھندے کا دشمن ہے۔"
"نہیں بیگم صاحب! تم جھوٹ بول رہی ہو۔ میری ماں سچ کہتی تھی"وہ چیخ پڑا تھا۔
بارہ بجے تک اس کی جیب میں ایک سو روپے آ چکے تھے!

***

خون تمنا

جانے وہ آسمان سے ٹپکی یا خود رو پودے کی طرح زمین سے پھوٹی، اپنا حصہ وصول کرتی آئی۔ آسمان سے گزری تو چاند کی روشنی چہرے میں بھر لی، ستاروں کی ٹمٹماہٹ آنکھوں میں رکھ لی جن میں پل پل دن طلوع ہوتا، رات آتی اور پھر دن، اور جب وہ سو جاتی تو کائنات پر شب تار چھا جاتی۔ رات کی سیاہی اپنی زلفوں میں سمولی۔ دن کے اجالے کا ابٹن بدن بھر پر کر کے نشچنت ہو گئی اور اگر زمین سے پھوٹی تو اپنے حصے کی شادابی بھی وصول کرتی آئی۔ جیسا بھی ہوا، جب سے اس نے اس کے آنگن میں قدم دھرا، ڈیرے کے باہر چھوٹی بڑی کاروں کی قطار سی لگ جاتی تھی۔ گاؤ تکیوں سے ٹیک لگائے شرفایوں گلوریاں چباتے جیسے لقمہ چبا رہے ہوں۔ ظالم پیک دان اٹھانے کی زحمت بھی نہیں کر رہے تھے۔ رقص شروع ہوا، تانی کے پاؤں زمین پر پڑے، طبلہ نواز کی انگلیوں میں ساری مہارت سمٹ آئی۔ سارنگی نواز نے محفل پر خاموشی طاری کر دی۔ مینا بائی ایک گوشے میں بیٹھی سگریٹ کے سوٹے مار رہی تھی۔ تانی رقص میں ماہر تھی، خوب صورت، نازک سراپا، جیسے کانچ کی بنی ہو اور دھری ہوئی تو ٹوٹ کر بکھر جائے گی لیکن ایسا نہیں ہوا اور وہ طبلے کی تھاپ پر تھرکتی رہی، اپنے جسم کے مختلف زاویے بناتی رہی، حسب معمول چند تماش بینوں نے اس پر کچھ روپے نچھاور کیے۔ رقص کا اختتام ہوا، اس نے جھک کر اپنے انداز میں سب کو سلام کیا اور چھنن چھنن، چھنن چھنن گھنگرو بجاتی واپس ہو گئی۔ لیکن تماش بینوں کے کانوں میں جیسے اب بھی گھنگرو بج رہے تھے۔ تھوڑی دیر کے لئے محفل پر

سکوت طاری ہو گیا، ہر چہرے پر ایک سکون سا آگیا لیکن ایک چہرہ مضطرب، جذبات سے عاری، محو انتظار، جانے کس کا، تانی تو ناچ کر جا چکی تھی، مینا بائی نے ہاتھ کے اشارے سے محفل کے اختتام کا اعلان کیا تو تماش بین بکھر گئے، وہ بیٹھا رہا جیسے رات یہیں بسر کرنے کا ارادہ کر کے آیا ہو۔ وہ کوئی معمولی آدمی نہیں تھا، امپورٹ ایکسپورٹ کے کاروبار کا اکلوتا وارث شیخ سمیع اللہ کا اکلوتا فرزند تھا۔ پتا نہیں رقص و سرور کی محفل کی لت کیسے لگ گئی تھی۔ ہفتے میں ایک بار وہ مینا بائی کے ہاں ضرور آتا، چپ چاپ رقص دیکھتا اور خاموشی سے سیڑھیاں اتر جاتا۔ وہ عام تماش بینوں میں گھل مل کر نہیں بیٹھتا تھا۔ بلکہ الگ تھلگ اپنی دنیا بسائے رکھتا تھا۔

شیخ صاحب، محفل برخاست ہو چکی۔ آپ ہمارے قابل احترام گاہک ہیں، کیا حکم ہے ہمارے لئے! مینا بائی اٹھلاتی ہوئی اس کے پاس آ کر بیٹھ گئی۔ وہ تھی تو پینتالیس سال سے اوپر کی لیکن کبھی غضب ڈھاتی ہو گی۔

وہ نہیں آئے گی کیا! اس کی نظریں اب بھی اسی راہ داری میں بچھی تھیں جس پر وہ پہلی بار چل کر رقص کرنے آئی تھی۔ اتفاق سے اس دن کوئی تماش بین نہیں آیا تھا۔ وہ اکیلا اس کا رقص دیکھتا رہا، دم خود سا، بیخودی کے عالم میں، کتنی بار اس کے جی میں آیا، اسے بازو سے پکڑ کر اپنے پاس بٹھالے، مینا بائی اور سازندوں کو رخصت کر دے، اور اسے جی بھر کر دیکھے، دیکھتا جائے، آنکھ نہ جھپکے، اسے اپنا کر لے، اپنے ساتھ لے جائے اور مینا بائی کی جھولی دولت سے بھر دے لیکن وہ کچھ نہیں کہہ سکا، اس کی زبان ساتھ نہیں دے رہی تھی یا الفاظ روٹھ گئے تھے۔ وہ ناچ رہی تھی اور وہ ایک ہی بات سوچ رہا تھا۔ یہ کوٹھے کی چیز نہیں، یہ تو گھر کی چیز ہے۔ اسے صرف دیکھا جائے جیسے کتاب تھوڑی دیر کے لئے دیکھتے ہیں اور بند کر کے محفوظ جگہ پر کڑھ دیتے ہیں۔ یہاں تو حریص نظروں کا کیچڑ اسے

لت پت کر دیتا ہے۔ ایسی نظریں جن سے تعفن اٹھتا ہے ، گندی، ننگی نظریں ، کسی آسودگی کی متلاشی۔۔۔۔۔۔۔۔

"وہ کون شیخ صاحب!" مینا بائی نے آنکھیں نچا کر اسے دیکھا۔

تم جانتی ہو مینا بائی، میں یہاں کس کے لئے آتا ہوں، پہلے رقص دیکھنے آتا تھا، اب رقص والی دیکھنے آتا ہوں اور وہ بھی ڈارلنگ! اس کی نظریں استقبالیہ پر رکی تھیں۔

وہ ایسا ہے شیخ صاحب کہ، ہم لوگ کسی ایک شخص کے لئے مخصوص نہیں ہوتے۔ ہم تو کرائے کا مکان ہوتے ہیں، کرایہ ادا کرو اور جیسے چاہو رہو، میں نے مختلف جگہوں سے ڈارلنگ کا کرایہ وصول کر لیا ہے اور وہ ایک مہینے تک بک ہو چکی ہے۔ آپ سے تاخیر سرزد ہوئی شیخ صاحب۔ اب ایک ماہ انتظار کیجئے۔ مینا بائی نے اس سے کوئی بات نہیں چھپائی۔ مار کے رکھ دیا ہے تو نے مجھے، یوں کیوں نہیں کہتی کہ ایک ماہ میں انتظار کی سولی پر لٹکتا رہوں! بے بسی کے عالم میں وہ ہی کچھ کہہ سکا اور اٹھ کر باہر نکل گیا۔

جانے کتنے سورج طلوع ہوئے اور کتنے ڈوب گئے، اس کی سانسیں رکتی چلتی رہیں لیکن آج کی صبح جیسے وہ بحال سا ہو گیا تھا۔ اس نے غسل کیا، شفاف لباس زیب تن کیا، بال سنوارے، خوشبو لگائی، چیک بک بغلی جیب میں رکھی، قلم سامنے کی جیب میں اڑسا اور گاڑی کا رخ مینا بائی کے ڈیرے کی طرف موڑ دیا۔ آج وہ کرائے کا مکان خریدنے جا رہا تھا، برسوں سے جمی کائی اور سیلن اپنے ہاتھوں سے دھو ڈالے گا، وہ صرف اس مکان کو دیکھا کرے گا لیکن اس سے پہلے اپنی نظروں کو مزید شفاف کر گا۔

دن کے گیارہ بج رہے تھے جب گاڑی مینا بائی کے ڈیرے کے باہر رکی اور باوقار قدم اٹھاتا اندر داخل ہو گیا۔ مینا بائی شاید اسی وقت سو کر اٹھی تھی، اسی لیے اس کا چہرہ پھیکا پڑ رہا تھا۔ آنکھیں بوجھل اور قدم بھاری ہو رہے تھے، آج اس وقت زحمت کا مطلب! مینا

بائی اسے تروتازہ دیکھ کر حیران ہو گی تھی۔

ڈارلنگ سے ملاقات! اس کا لہجہ سپاٹ تھا۔

آپ اس وقت ناچنے گانے والیوں کے ڈیرے پر تشریف رکھتے ہیں شیخ صاحب! لیکن یہاں کے بھی اصول ہیں جنہیں ہم لوگ نظر انداز نہیں کر سکتے۔ اس لیے آپ پھر کبھی آجایئے، یوں بھی ڈارلنگ تھکی ہوئی ہے اور آرام کر رہی ہے! مینا بائی کے چہرے پر پریشانی کی پرچھائیاں واضح ہو رہی تھیں۔

نہیں مینا بائی، میری نظریں اب مزید پیاس نہیں برداشت کر سکتیں، میں آج تم سے کرائے کا مکان خریدنے آیا ہوں، یہ لو چیک، میں نے اس پر دستخط کر دیے ہیں، رقم تم خود بھر لینا، ڈارلنگ کا کمرہ بتاؤ، اس نے چیک پھاڑ کر اس کے ہاتھ میں تھما دیا۔ مینا بائی اسے ڈارلنگ کے کمرے تک چھوڑ کر واپس آگئی۔ اس نے دروازے پر آہستہ سے دستک دی، یہ سوچ کر کہ جانے وہ کس حالت میں سو رہی ہو، چند لمحے رک گیا کہ وہ سنبھل جائے۔ وہ ڈارلنگ سے کیا کہے گا، اس وقت تم تک کیسے پہنچا ہے اس نے مینا بائی کو تمہاری قیمت ادا کی ہے۔ نہیں، یہ کہتے ہوئے تو وہ شرم سے ڈوب مرے گا، ڈارلنگ تو انمول ہے۔ وہ دروازہ کھول کر کمرے میں داخل ہوا، ڈارلنگ سر تا پا چادر اوڑھے سو رہی تھی، وہ ایک طرف صوفے پر بیٹھ گیا کہ ڈارلنگ کروٹ لے تو اسے آواز دے لیکن اس کی نیند خراب نہ کرے۔ بہت دیر گزر گئی، ڈارلنگ نے کوئی حرکت نہیں کی، سامنے سمندر ہو اور کنارے پر پیاسا تو سینہ ٹھنڈا کرنے میں دیر نہیں کرنی چاہئے، اس نے سوچا اور پلنگ کے سرہانے جا کھڑا ہوا۔

"ڈارلنگ!" اس نے ایک آواز دی۔

اس نے ڈارلنگ کے سر سے چادر سرکائی نہیں۔۔۔ ایں۔۔۔ ایں۔۔۔ اس کا چہرہ

بھیانک ہو رہا تھا، جابجا سگریٹوں کے گل لگانے سے چہرہ داغ دار ہو چکا تھا۔ رخساروں پر ناخنوں اور دانتوں کی کھرونٹیں کسی وحشیانہ عمل کا پتا دے رہی تھیں۔ آنکھیں کھلی جیسے اس کے انتظار میں کھلی رہ گئی ہوں۔ وہ انتہائی گہری نیند سو گئی تھی۔ اس کی ایک خواہش مر گئی تھی، ایک تمنا کا خون ہو گیا تھا۔ وہ واپس پلٹا اور اس سے پہلے کہ وہ دہلیز پار کر جاتا، مینا بائی کی آواز نے اس کے قدم جکڑ لیے۔

"۔ اپنا چیک واپس لیتے جائیں شیخ صاحب۔ ۔ ۔"

٭٭٭

اپنی کلہاڑی اپنے پاؤں

دسمبر کی ٹھٹھرتی رات میں نصف شب کے قریب دور ویرانے میں کسی کتے کی لمبی "ہو" سے رات کی خاموشی شق ہو کر پھر جڑ گئی تھی۔ چاند آہستہ آہستہ کھسکتا اتنے بادل کی اوٹ میں چلا گیا تھا۔ جو اس کے انگوٹھے کے پیچھے چھپ سکتا تھا، اس نے غور سے دیکھا، چاند نہیں بادل چل رہا تھا۔ وہ اکیلا صحن میں کھڑا تھا، یخ ہوتی رات میں اسے گرم بستر سے نکل کر صحن میں آنے کی ضرورت کیوں محسوس ہوئی ایک لمحے کے لئے اس نے سوچا۔ چاند کے آگے پھر بادل آ گیا تھا۔ اسے لگا جیسے صحن میں بہت سارے عفریت رقص کر رہے ہوں۔ ایک خوف سا اس کے سامنے آن کھڑا ہوا تھا۔ دور کہیں ریل گاڑی نے وسل بجائی، اسے لگا جیسے اس کے گھر کے سامنے رکی ہو۔ اس نے ہاتھ اٹھا کر وقت دیکھنا چاہا لیکن گھڑی تو بیڈ کے ساتھ پڑے سائیڈ ٹیبل پر رکھ آیا تھا۔ صحن چاندنی میں نہا گیا تھا۔ اس نے آسمان کی طرف دیکھا، بادل پتا نہیں کہاں چلا گیا تھا اور اب صحن میں شیشم کے درخت کے ساتھ پڑا جھولا صاف نظر آ رہا تھا۔ اسے لگا جیسے جھولا حرکت کر رہا ہو۔

"اندر چلو اتنی سردی میں باہر کیوں کھڑے ہو، تمہیں اپنی صحت کی ذرا پرواہ نہیں، تمہاری ایسی باتوں سے بچے بھی اب سہمنے لگے ہیں، ڈرنے لگے ہیں!" اسے اپنے دائیں بازو پر ایک ہاتھ کے لمس کا احساس ہوا۔ اس نے بازو کو جھٹکا دیا جیسے ان دیکھا ہاتھ ہٹانا چاہتا ہو۔ اس نے اپنی دائیں طرف دیکھا، کوئی نہیں تھا۔ پھر یہ آواز کہاں سے آئی تھی، یہ سوچ کر خون سردی اور خوف سے اس کی شریانوں میں جمنے لگا تھا۔ چند لمحوں کے لئے روح جیسے

اس کے جسم سے غیر حاضر ہو گئی تھی۔ جاگتی آنکھوں کا خواب ٹوٹا تو وہ کمرے کی طرف مڑا۔ اندر دیوار گھڑی نے ایک گھنٹی بجائی۔ اس کے پاؤں جیسے زمین نے جکڑ لیے۔ اندر جا کر کیا کروں گا، اندر کون بیٹھا ہے جو میری تنہائی بانٹے گا۔ آدھی رات گزر گئی، باقی آدھی بھی یوں ہی گزر جائے گی۔ لیکن کب تک، آخر یہ سلسلہ کب تک چلے گا اور پھر اس کے اندر سوالات کی نسل بڑھنے لگی۔ کسی سوال کا جواب فوراً اس کے لبوں تک آ جاتا لیکن بہت سارے قطار میں کھڑے اپنی باری کا انتظار کرتے۔ وہ کس کس کو بہلاتا۔ ایسا اس کے ساتھ پہلی بار تو نہیں ہوا تھا۔ تین برسوں کی راتیں، سرد راتیں ان کی آنکھوں سے گزر کر صبح میں ڈھلی تھیں اور اب ان کی آنکھوں میں سوائے برف کے کچھ نہیں تھا۔ جب آنکھیں برف ہوں تو نظر آنے والی ہر چیز پر برف کی تہہ جمی نظر آتی ہے۔ زندگی کی جھیل کا پانی جم کر کانچ بن گیا تھا اور اسی کانچ نے اس کے اندر لاتعداد زخم کر دیے تھے۔ سردیوں کی راتوں میں جب ان زخموں کے بخئیے ادھڑ جاتے تو وہ ان پر کسی تسلی، کسی دلاسے کے مرہم کا لیپ نہیں کرتا، کوئی پھاہا نہیں رکھتا بلکہ اس کی آنکھیں چہرے کی بجائے دل پر جالگتیں اور وہ اپنے اندر کے سارے زخم دیکھ لیتا، اگر کسی زخم پر پپڑی آرہی ہوتی تو وہ اس سے منسلک یاد کے نشتر سے اس کو پھر سے چھیل دیتا۔ جس طرح کسی مرد کو اپنی دلہن کا گھونگھٹ اٹھانے کی رسم زندگی کے آخری لمحے تک نہیں بھولتی اسے بھی نہیں بھولی تھی۔ خاندانی رنجشوں پر پاؤں رکھ کر ایک دن اس نے اپنے ماں باپ سے کہہ دیا کہ شادی کرے گا تو ماموں کی بیٹی سے ورنہ نہیں کرے گا۔ ماں باپ کی اکیلی اولاد تھا، ضد کر بیٹھا، والدین نے کتنے منتوں ترلوں سے اس کے لئے یہ رشتہ حاصل کیا تھا، یہ وہی جانتے تھے، اسے تو چکی کے دو پاٹوں سے آٹا چاہئے تھا وہ مل گیا۔ اس کی ساری بے چینی یوں دور ہو گئی جیسے پانی کا بھرا ہوا گلاس الٹا کر دینے سے سارا پانی بہہ جاتا ہے اور گلاس ہلکا

پھلکا ہو جاتا ہے۔ زندگی سے لا ابالی کے لمحے چلتے بنے تھے اور اب اس کی چال میں ایک ٹھہراؤ آچکا تھا اور قدم ایک ڈھنگ سے اٹھنے لگے تھے۔ خیالات صراط مستقیم پر آچکے تھے۔ نوکری سرکاری ہو یا شخصی وہ دونوں پر لعنت بھیجتا تھا۔ کالج میں چار سال پڑھنے کے بعد وہ دو سال فارغ بیٹھا روٹیاں توڑتا رہا۔ بالآخر ایک دن اس نے باپ سے ذاتی کاروبار کرنے کی خواہش کا اظہار کر ہی دیا۔ باپ کا امپورٹ ایکسپورٹ کا کاروبار تھا، کہا یہ سنبھال لو۔ یعنی باپ کی نوکری کرو اس نے چند لمحوں کی خاموشی میں یہی کچھ سوچا تھا۔ باپ کا فیصلہ اگرچہ غلط نہیں تھا لیکن اس کے سینے میں جانے کون سی آگ تھی جس نے اس کو بھڑکا دیا اور وہ باپ کو ہاں یا نہیں کہے بغیر وہاں سے اٹھ گیا۔ بیوی بھی اس کے پیچھے کمرے میں چلی گئی۔ وہ چند دن اکھڑا اکھڑا سا رہا۔ کھانے کی میز پر بھی اس وقت جاتا بلکہ بیوی اسے لے جاتی جب سب اٹھ جاتے۔ اس کے بس میں ہوتا تو بیوی کو بازو سے پکڑ کر کہیں نکل جاتا لیکن اب تو وہ یوں بے بس تھا، شادی کے ایک سال بعد پہلا بیٹا، دوسرے سال دوسرا اور پھر لیڈی ڈاکٹر کی نصیحت پر آرام باش۔ بیوی کا چہرہ تکتے تکتے اس کی آنکھیں جھپکنا بھول جاتی تھیں لیکن آج کل اس کا رویہ بیوی کے ساتھ بھی ترش ہو چلا تھا۔ رات اس کے لئے اذیت ناک ہوتی تھی۔ رات کے جس سمے بھی اس کے اندر آندھیاں چلنے لگتیں، وہ خاموشی کے ساتھ کمرے سے نکل کر صحن میں آجاتا اور زندگی اور زندگی میں آنے والے دنوں کے لیے تانے بانے بنتے گھنٹوں بیت جاتے۔

"امی ابو کو سردی نہیں لگتی!" بڑا بیٹا پوچھ لیتا۔

"تم سو جاؤ ابھی آجائیں گے!" بیٹے سے کہہ کر وہ باہر اس کے پاس جا کھڑی ہوتی۔ " کس مسئلے نے تمہیں پریشان کیا ہوا ہے، کون سی گتھی تم اکیلے سلجھا نہیں پا رہے ہو۔ لوگ کہتے ہیں دیوار سے بھی مشورہ کر لینا چاہئے۔ میں تمہاری بیوی ہوں، اندر چلو، تمہارا یہ رویہ

بچوں پر اثر انداز ہو رہا ہے۔" وہ اسے بازو سے پکڑ کر اٹھاتی۔ اور وہ بوجھل قدم اٹھاتا اسکے ساتھ کمرے میں آکر بستر پر کروٹ لے کر لیٹ جاتا، چپ چاپ کسی سوچ سمندر میں غوطہ زن ہو جاتا، بچے سہم جاتے اور بیوی گھنٹوں گھنٹوں بیٹھی رہتی۔ یوں تو اس کے اندر چھوٹے موٹے پٹاخے چھوٹتے ہی رہتے تھے لیکن جب اس کے اندر کوئی نیپام پھٹتا تو وہ اٹھ کر بیٹھ جاتا۔ اذیت کی رات بیساکھیاں گھنٹوں پر رکھ کر صحن میں بیٹھ گئی تھی۔ اس کی زندگی میں اتنا نامہربان دوراہا کبھی نہیں آیا تھا، جس پر وہ آج کھڑا تھا۔ کون سا راستہ اختیار کرے، یہی سوچ اس کے کلیجے میں سوراخ کر رہی تھی۔ وہ اٹھا، ہولے ہولے قدم اٹھاتا بیوی کے پاس آکر کھڑا ہو گیا۔

وہ بیٹھی ہوئی تھی، اس کا چہرہ غور سے دیکھنے لگا، اس نے جھینپ کر پلکوں کی چلمن گرادی، آنکھوں کی جھیل پر جیسے شام سی ہو گئی، اداس شام۔۔۔۔۔۔ میری آنکھوں میں دیکھو۔ آج میں تمہاری آنکھوں میں ڈوب کر ابھرنا اور پھر ڈوبنا چاہتا ہوں، اس نے نظریں اٹھائیں اور وہ ان نظروں کو اپنی آنکھوں میں جذب کرتا رہا، چند مسلسل لمحے بیت گئے، وہ یوں ہی دیکھتا رہا، وہ تڑپ اٹھی۔ یوں کیوں دیکھ رہے ہو، آج مجھے تم پر بے تحاشا پیار آرہا ہے اور تم جانتی ہو پیار جب جب اپنی انتہاؤں کو چھولیتا ہے تو اس سے آگے جدائی کے گھمبیر اندھیروں کی ابتدا ہوتی ہے، میرے اندر ایک خوف کی سی کیفیت ہے، اس کے چہرے پر ایک دم جھڑ چھا گیا۔ وہ پاؤں پر بیٹھ کر بیٹے کے سر میں آہستہ آہستہ انگلیاں پھیرنے لگا اور اپنے ہونٹ اس کی پیشانی پر رکھ کر پدرانہ شفقت منتقل کرتا رہا۔ اس کا چہرہ اپنے باپ پر گیا ہے، اس نے چھوٹے بیٹے کو یوں دیکھا جیسے گود لیا کسی اور کا بچہ ہو۔ اس نے بیوی کی آنکھوں میں جھانکا۔ اس کی نظروں میں سوالیہ نشان معدوم ہو کر ابھر رہے تھے۔ رات کا ہر لمحہ کنکر ابن کر اس کی آنکھ لہو لہان کر رہا تھا۔ بیوی کے ذہن میں کئی

خاردار راہداریاں کھل گئیں، اس نے چھوٹے بیٹے کو اٹھا کر گود میں بھر لیا اور بہت دیر تک اس کے ننھے ننھے ہاتھ اور گال چومتی رہی۔ وہ پرے بیٹھا اس کو دیکھتا رہا اور اپنے اندر طلوع ہونے والی اندھیری صبح کے سورج کو پتھر مار مار کر توڑتا رہا۔ نیند کے لئے اس نے ایک اپنی آنکھوں کے دروازے بند کر دیئے تھے، باہر صحن میں پو پھٹ رہی تھی، لیکن اس کے اندر تنہائی کا سورج طلوع ہو رہا تھا۔ ایک ہولناکی کا سماں اس کے اندر پھیل رہا تھا۔ اس نے یکدم سر اٹھا کر بیوی کو دیکھا، وہ اسی کو دیکھ رہی تھی۔ نظریں چار ہوئی تو بیوی کی نگاہیں یوں گر گئیں جیسے اس کی کوئی چوری پکڑی گئی ہو۔ تب اس نے سوچا نظروں کی قوت اور کمزوری سچ اور جھوٹ پر مبنی ہے۔ زندگی بھر کی تنہائی نہایت سرعت سے اس کی طرف بڑھ رہی تھی۔ مشرق سے کائنات کو روشن کرنے والا سورج ابھر آیا تھا اور دھوپ کی تمازت کھڑکیوں کے پردوں سے چھن کر آتے ہوئے کمرے میں زندگی کے آثار کی نشاندہی کر رہی تھی۔ یہ کیسی زندگی ہے، یہ سوچنا سورج کا کام نہیں۔ اس نے چھوٹے بیٹے کو گود سے بستر پر منتقل کیا اور اٹھ کر کچن میں چلی گئی، ناشتہ تیار کر کے میز پر لگایا، اس نے اس گھر میں یہی معمول دیکھا اور اپنایا تھا۔ اس کے قدم ساس اور سسر کے کمرے کی طرف اٹھ گئے لیکن اسے اپنے عقب میں ایک سائے کا احساس ہوا، اس نے گردن گھما کر دیکھا، وہ کھڑا اسے گھور رہا تھا، ایک لمحے کے لئے وہ رکی، اس کی آنکھوں سے نکلتی تپش کو محسوس کیا اور آگے چل دی۔ دو قدم کے فاصلے پر تھی کہ ساس اور سسر کمرے سے باہر نکل آئے۔ "ہم آرہے ہیں بیٹے چلو" دونوں یک زبان ہوئے، وہ ان کے ساتھ واپس مڑی تو وہ واش روم میں جا چکا تھا۔ "تمہارے صاحب ابھی نہیں آئے!" سسر نے کرسی میز کے قریب کھینچتے ہوئے اسے دیکھا۔

"ابھی آجائیں گے!" یہ وہ آواز نہیں تھی جو دو پیمانوں کے ٹکرانے سے پیدا ہوتی

تھی بلکہ یہ تو کسی ویران کنوئیں سے آنے والی آواز تھی۔

قدموں کی چاپ ابھری اور وہ شب خوابی کے لباس میں ہی ناشتے کی میز تک پہنچ کر کھڑا ہو گیا۔ تھکا تھکا سا بدن، اجڑا اجڑا سا چہرہ، شب بیداری سے سرخ آنکھیں سب کو دیکھتی ہوئی جیسے آخری بار دیکھ رہی ہوں۔

کانپتے لبوں کے پیچھے جیسے ہزار ہا باتیں ابل پڑنے کو تیار ہوں۔

"بیٹھو بھئی ناشتہ کرو!" باپ نے ایک کرسی کی طرف اشارہ کیا۔

"تم اپنے دونوں بیٹوں کو لے آؤ!" وہ باپ کی بات ان سنی کرتے ہوئے بیوی سے مخاطب ہوا۔

وہ بڑے بیٹے کو انگلی سے پکڑے اور چھوٹے کو بغل میں اٹھائے آگئی۔

"ڈیڈی آپ یہ دونوں بچے دیکھ رہے ہیں، بڑے میں مجھے اپنا سراپا دکھائی دیتا ہے لیکن چھوٹے میں مجھے اپنا عکس دکھائی نہیں دیتا، یہ بچہ ایک ایسی دستاویز ہے جو آپ کے مالکانہ حقوق کا تحفظ کرتی ہے اور میں اس میں بطور گواہ شامل ہوں۔ میں آپ کے حق میں دستبردار ہوتے ہوئے اسے آزاد کرتا ہوں" اور پھر اسی لمحے ایک دو تین۔۔۔۔۔۔ماں باپ کے چہرے پر جیسے کسی نے ہلدی لیپ دی۔

"تم میرے بیٹے ہو لیکن انتہائی گھٹیا انسان ہو، میرا جی چاہتا ہے تمھیں گولی مار دوں، یہ پہلے بھی میری بیٹی تھی اب بھی میری بیٹی ہے، ضروری نہیں ہوتا ہر بچے کا چہرہ اپنے باپ پر ہو، دادا پر بھی ہو سکتا ہے، نانا پھر بھی ہو سکتا ہے، دادی اور نانی پر بھی، یہ تو خالق پر منحصر ہے۔" اس چار دیواری میں ایک سیاہ صبح کا آغاز ہوا تھا۔ وہ بچوں کو لے کر صدر دروازے کی طرف چل پڑی اور وہ اس کو پھٹی پھٹی آنکھوں سے دیکھتا رہا۔ اسے روک نہیں سکا۔ روکتا بھی کیسے، کس رشتے سے کہ اب تو ان کے درمیان آسمان تک دیوار کھڑی

ہو چکی تھی۔

"رک جاؤ بیٹی!" سسر نے اسے پکارا۔

"نہیں ڈیڈی! اب یہ گھر میرا نہیں رہا نہ اس گھر کے مکین!" اس نے گردن گھما کر دیکھا تو آنکھوں کے کٹورے اشکوں سے لبالب بھرے تھے۔

"بیٹی میری ایک بات سنتی جاؤ پھر میں تمہیں نہیں روکوں گا!" وہ اٹھا، کمرے میں گیا، میز کی دراز کھلنے اور بند ہونے کی آواز آئی وہ کمرے سے باہر آیا تو اس کے دونوں ہاتھ پیچھے تھے۔

"تمہاری پارسائی اور میری بے گناہی کا اس سے بہتر کوئی ثبوت نہیں۔" اس نے یکدم بائیں ہاتھ میں پکڑے ریوالور کی نال اپنی کنپٹی پر رکھ کر ٹریگر دبا دیا، وہ گرا اور چند لمحے تڑپنے کے بعد ٹھنڈا ہو گیا۔ ماں دہ ماہ سکتے کے عالم میں رہنے کے بعد خاموشی سے قبر میں اتر گئی۔ اس کے حلق سے ایک چیخ نکلی اور وہ بچوں کو لے کر دوڑتی ہوئی گیٹ سے باہر نکل کر جانے کہاں گئی۔

آج وہ اسی باپ کے کاروبار کا کروڑپتی مالک ہے لیکن تنہائی اور بیوی بچوں کی جدائی کا کرب اسے ہر شب ستاتا ہے مگر اب وہ یہ سوچتا ہے کہ اس نے اپنی کلہاڑی اپنے پاؤں پر چلا دی۔

کمرے کی دیوار گھڑی نے تین گھنٹیاں بجائیں۔ رات قریب الصبح ہے، اس نے سوچا اور پھر برآمدے سے صحن میں نکل گیا۔ بادل اب بھی چاند سے اٹھکیلیاں کر رہے تھے۔

***

تیر واپس کمان میں

دونوں نے مختلف شہروں میں تعلیم حاصل کی لیکن قانون کی تعلیم حاصل کرنے کے لئے ایک ہی درسگاہ میں اکٹھے ہوگئے تھے۔ دونوں ہی امیر کبیر خاندان کے تھے اور ان کی منزل بھی ایک ہی تھی۔ قانونی تعلیم کا اختتام ہوا تو وہ ایک دوسرے کے بہت قریب آچکے تھے، ایک دوسرے کی پسند ناپسند، عادات حتیٰ کہ سالگرہ کی تاریخ بھی دونوں کو حفظ ہو چکی تھی لیکن گفتگو میں ایک محتاط رویہ اب بھی ان میں موجود تھا۔ دونوں نے ایک کانووکیشن میں قانون کی سند حاصل کی۔ آخری آدھا پونہ گھنٹہ گپ شپ کے لئے ایک خالی کلاس روم میں جا بیٹھے یا شاید ایسا بھی ہو کہ دونوں ایک دوسرے کو جی بھر کے دیکھنا چاہتے ہوں اور گپ شپ محض بہانہ ہو کہ تھوڑی دیر بعد دونوں نے اپنے اپنے شہر سدھار جانا تھا اور آئندہ ملاقات کا انحصار کسی اتفاق پر ہی ہو سکتا تھا۔

میں نے میٹرک کرنے کے بعد ہاتھ کھڑے کر دیئے تھے لیکن ابا حضور کی ضد اور خواہش تھی کہ میں مزید کچھ جماعتیں پڑھ لوں، میں رضامند ہوا لیکن ایک شرط پر ان سے زبانی دستخط کرا لیے کہ اس کے بعد کسی جماعت میں پاس یا فیل ہونا ان کے Credit پر ہوگا، وہ مان گئے اور مجھے کالج میں داخل کرا دیا، ایک گاڑی اور ڈرائیور میرے Disposal پر ہو گیا۔ وہ اگر ایسا نہ کرتے تو کالج میں کیسے پتہ چلتا کہ میں نواب نور اللہ جامی کا بیٹا ہوں، اس کے باوجود مجھے ایسا لگا جیسے ابا حضور نے مجھ پر کوئی بوجھ لاد دیا ہو، تھوڑے نمبروں سے سہی، ہر سال میں انہیں اپنے پاس ہونے کی خبر سناتا تو مجھے گلے

لگانے کے بعد آرام دہ کرسی پر بیٹھ کر حقے کی نے انگلیوں میں تھامے، ہونٹوں کے قریب رکھے بہت دیر اور بہت دور تکتے رہتے، یوں جیسے اپنے زیر نگرانی کوئی عالیشان محل تعمیر کرا رہے ہوں اور یہ خدشہ ہو کہ کوئی معمار کہیں ٹیڑھی اینٹ نہ رکھ دے۔ جانے وہ اتنی دیر کیا سوچتے تھے، چہرے پر پریشانی کا شائبہ تک نہیں ہوتا تھا یا شاید یہ ایک آسودگی کا رد عمل بھی ہو۔ جب میں بی اے کی ڈگری لے کر گھر پہنچا تو چوپال میں کم و بیش دس آدمی بیٹھے تھے، سب نے میرا استقبال کیا، مبارک باد دی، میں سب سے پہلے ابا حضور سے ملا، دعائیں لیں اور اپنے کمرے میں چلا گیا اور پھر ایک سال میں نوابزادوں کی طرح ہی گھوما۔ لیکن ایک بار پھر ان کے ہتھے چڑھ گیا۔

عبداللہ جامی!، مجھے پورے نام سے مخاطب کر کے کہنے لگے! جب تو چھوٹا تھا تو میرا تم سے ایک رشتہ تھا، تو میرا بیٹا تھا، اب تم جوان ہو، اب دو رشتے ہیں، بیٹا اور دوست بھی۔ آؤ آج ایک اپنی خواہش میں تمہیں بتاتا ہوں، ایک تم اپنی خواہش مجھے بتاؤ، مجھے نہیں بتانا چاہتے تو ماں سے کہہ دینا لیکن یہ یاد رکھنا میری قبر تمہاری خواہش پوری نہیں کر سکے گی۔

ابا حضور آپ حکم کریں، میں آپ کی ہر خواہش پر پورا اترنے کو تیار ہوں، میں سمجھا جائیداد کا کوئی مسئلہ ہو گا، کوئی ذمہ داری سونپنا چاہتے ہوں گے۔ میں نے سعادت مندی سے سر جھکا دیا۔

تم وکالت کر لو! ابا حضور نے یوں اپنی خواہش کا اظہار کیا جیسے مجھے بازار سے کوئی معمولی سی چیز لانی ہو۔

لو کر لو بات، پھر وہی کتابیں، وہی پڑھائی، وہی لیکچر، وہی امتحان۔ پتا نہیں ابا حضور مجھے وکیل بنا کر مجھ سے کون سا کام لیں گے لیکن میں چونکہ وعدہ کر چکا تھا اس لیے مجھے ان کی خواہش پر پورا اترنا تھا، سو اترا اور اب عبداللہ جامی ایڈوکیٹ تمہارے سامنے بیٹھا ہے۔

اور تمہاری خواہش! گلنار نے پوچھ لیا۔

وہ تو ایک لفافے میں سیل کر کے میں نے اپنے دل کے لاکر میں رکھ دی ہے۔۔۔۔

مجھے بھی نہیں بتاؤ گے۔۔۔۔۔۔

خواہش پوری نہیں ہوئی تو تم طعنے دو گی۔۔۔۔۔۔

جامی، تمہاری کہانی ہے دلچسپ۔۔۔۔۔۔

اچھا، چھوڑو یہ بتاؤ گھر کیسے جاؤ گی، تمہارا تقریباً چار گھنٹے کا سفر ہے، اگر تم کہو تو میں اپنی گاڑی سے تمہیں گھر چھوڑ دوں۔۔۔۔۔۔۔

اے نہیں سخی داتا، میں نے صبح گھر فون کر دیا تھا، چھوٹا بھائی گاڑی لاتا ہو گا۔۔۔

چلو پھر تمہیں ہاسٹل تک چھوڑ آؤں۔۔۔۔۔

ہاسٹل کے گیٹ پر دونوں گاڑی سے اترے، دونوں چند لمحے ایک دوسرے کی آنکھوں میں دیکھتے رہے، پھر دونوں کی نظریں زمیں پر کچھ ڈھونڈنے لگیں، پتا نہیں کون سی کیفیت تھی جو دونوں کو الوداعی کلمے کہنے سے روکے ہوئے تھی۔ الفاظ ساتھ نہیں دے رہے تھے یا زبان کی لڑکھڑاہٹ آڑے آ رہی تھی۔

جامی۔۔۔۔ اور پھر گلنار نے دونوں ہاتھوں سے اپنا چہرہ ڈھانپ لیا، شاید وہ آنکھوں سے اٹھنے والے سیلاب کے آگے کوئی بند نہیں باندھ سکی تھی۔ جامی نے بھی اپنا سر گاڑی کی چھت کے ساتھ ٹیک دیا، لمحے پتھر بن گئے۔

جامی، ہم نے جتنا عرصہ بھی ساتھ گزارا، اچھے دوستوں کی طرح، پھر بھی اگر تمہیں کوئی بات اچھی نہ لگی ہو تو۔۔۔۔۔۔ گلنار نے چہرے سے ہاتھ ہٹائے تو پلکیں بھیگی ہوئی مگر ہونٹوں پر ہلکی سی مسکراہٹ یوں لگ رہی تھی جیسے رم جھم میں دھوپ نکل گئی

ہو۔

اچھے دوستوں کی تمام باتیں اچھی لگتی ہیں گلنار! جامی نے گاڑی کی چھت سے سر اٹھایاتو جدائی کی گھٹائیں اس کے چہرے پر واضح ہو رہی تھیں۔

اچھا، اللہ حافظ، گاڑی احتیاط سے چلانا۔۔۔۔۔۔۔

جامی نے اسے بائے کہا اور گاڑی ہاسٹل کی حدود سے نکل گئی۔ دو اڑھائی گھنٹے کی مسافت کے بعد وہ گھر پہنچاتو شام کے سائے ڈھل رہے تھے اور نواب نور اللہ احاطے میں دوستوں کی کوئی الجھن سلجھانے میں مصروف تھے۔ اس کی گاڑی دیکھتے ہی حقے کی نے پرے کی اور اٹھ کھڑے ہوئے، دوستوں نے بھی تعظیم میں کرسیاں چھوڑ دیں۔

میر ابیٹا آگیا، میر ایار!نواب صاحب نے آگے بڑھ کر بیٹے کو گلے لگایا، دوستوں نے کرسی پیش کی اور وہ تھوڑی دیر وہاں بیٹھ کر حویلی چلا گیا۔

اب سنا بیٹا، وہاں کوئی تکلیف تو نہیں ہوئی۔ پیسے ٹکے کی کمی! رات باپ بیٹا آمنے سامنے بیٹھے تونواب صاحب نے پوچھ لیا، نہیں ابا حضور، کوئی تکلیف نہیں ہوئی سوائے اس کے کہ آپ اور بے.جی بہت یاد آتے رہے اور پیسے تو آپ نے مجھے اتنے دے بھیجے تھے کہ آدھے بچا بھی لایا ہوں۔

کیوں بچا کے لایا ہے، خرچ کیوں نہیں کیے، تم ایک نواب کے بیٹے ہو اور ایک بات جو میں تم سے کہنا چاہ رہا تھا وہ یہ کہ تم نے میری ہر خواہش پر سر خم کیا ہے، سعادت مند فرزند ہو، اب تم مجھے اپنی کوئی ایسی خواہش بتاؤ جس کے لیے مجھے کسی کو منانا پڑے، نہ مانے تو اس کی سماجت کروں، پھر بھی نہ مانے تو اس کے سامنے جھولی پھیلا دوں، اور اگر پھر بھی بات نہ بنے تو پھر میں اپنی مرضی کروں۔ میں نے تم سے جاتے ہوئے بھی یہ بات کی تھی، میں اب بھی اپنے وعدے پر قائم ہوں اور یہ ایک نواب کا وعدہ ہے۔

مہینہ دو تو گھومتے گھامتے گزر گئے۔ نوکروں اور مزارعوں نے کئی بار شکار کھیلنے کے لئے کہا لیکن تعلیم نے اسے نوابی مشاغل سے روک دیا تھا۔ یہ سوچ کر کہ وکالت کر ہی لی ہے تو کیوں نہ اس کا استعمال بھی کیا جائے، اس نے ضلع کچہری کا رخ کیا، سینئر وکلاء نے اسے خوش آمدید کہا اور اس نے پریکٹس کا آغاز کر دیا۔ دو چار ماہ کے اندر اس کے پاس مقدمے آنے لگے اور وہ ایک کامیاب وکیل ثابت ہوا۔۔۔۔۔۔۔

میری بات سن، نوابوں کے بیٹے اتنے شریف نہیں ہوا کرتے جتنا یہ ہمارا عبداللہ ہے لیکن ہمیں اس کی شرافت سے ناجائز فائدہ نہیں اٹھانا چاہئے بلکہ فکر کی ضرورت ہے، کیا کہا میں نے! نواب نور عبداللہ نے جامی کی ماں سے بات چھیڑی تو پہلے وہ مسکرائیں اور پھر ہاتھ سے اشارہ کرتے ہوئے ہولے سے کوئی بات کہی۔

یہ ہوئی ناں بات، لیکن تو بھلے مانس ہے، میں بات نہ کرتا تو تو خاموش ہی رہتی، اس کام کا آغاز صبح سے ہو جانا چاہئے، یوں سیٹھ بہادر کا نام سنا سا لگا ہے۔۔۔۔۔۔

نواب صاحب، آغاز کیا، سب کچھ ہو چکا، اب ہم دونوں کا وہاں جانا باقی ہے۔

اور پھر دو ماں کے اندر گلنار عبداللہ جامی کی ہو گئی۔ سیٹھ بہادر نے داماد کو تحفے میں اور بیٹی کو جہیز میں ایک نئی کار بھی دی۔ چند دن دعوتوں کے نذر ہو گئے اور زندگی ایک رستے پر لگ گئی۔ نئی کار ہونے کے باوجود عبداللہ جامی اپنی ذاتی کار پر کچہری جاتا اور آتا۔ گلنار نے دو ایک بار نئی گاڑی استعمال کرنے کے لئے کہا بھی لیکن وہ ہنس کر ٹال گیا۔ گلنار کے سینے میں جیسے ایک سوئی سی چبھ گئی لیکن اس نے جامی کے سامنے اس کا اظہار نہیں کیا۔

پھر ایک دن گلنار نے جامی سے اپنی پریکٹس کی بات کی۔

مجھے کوئی اعتراض نہیں، صبح ہی چلو لیکن اپنی اپنی گاڑی میں جائیں گے! جامی نے

کوٹ اتار کر خود ہینگر پر لٹکایا۔ جامی مجھے اپنی گاڑی میں کیوں نہیں لے جاتے، اس خیال نے بھی اس کی انا پر ضرب لگائی مگر وہ خاموش ہو رہی۔ اگلے دن دونوں اپنی اپنی گاڑی پر کچہری پہنچے۔ جامی نے تمام وکلاء سے جن میں دو تین خواتین بھی تھیں، متعارف کرایا لیکن گلنار جامی کے نام سے نہیں صرف گلنار کے نام سے۔

اس میں کیا مصلحت ہے! گلنار کے ذہن میں ایک اور سوال ابھرا لیکن وہ اس پر صرف کڑھ سکی۔

کچھ عرصہ دونوں اپنی اپنی گاڑی پر کچہری جاتے رہے لیکن گلنار کو یہ تب بھی اچھا نہیں لگا تھا، اب بھی نہیں۔ وقفے وقفے سے جب مزید کئی سوالات اس کے ذہن میں جمع ہو گئے کہ ایک سوال کی گنجائش ہی باقی نہ رہی تو ایک شام اس نے جامی سے کہہ دیا۔—"
لگتا ہے ہم ایک دوسرے پر مسلط ہوئے ہیں۔"

پہلی بات تو یہ ہے گلنار کہ تمہارے الفاظ تمہاری سوچ کا خارجی ڈھانچہ اٹھاتے ہیں، تمہارا اصل خیال کچھ اور ہے، میں نہیں جانتا تم کہنا کیا چاہتی ہو۔ ۔۔۔۔۔۔

یہی کہ ہمارے درمیان کوئی ایسا خلاء ہے جو ہمیں قریب نہیں آنے دیتا، اس سے بہتر تو وہ زندگی تھی جو ہم نے دوستی میں گزاری، کیا یہ ممکن نہیں کہ ہم پھر سے اچھے دوست بن جائیں! گلنار کی آواز کہیں دور سے آ رہی تھی۔ سب کچھ ممکن ہے، تم بتاؤ مجھے کیا کرنا ہو گا۔

دستخط۔۔۔۔۔۔

کہاں۔۔۔۔۔۔

طلاق نامے پر۔۔۔۔۔۔

کب۔۔۔۔۔۔

پرسوں۔۔۔۔۔۔۔

کل کیوں نہیں۔۔۔۔۔۔۔

کل میں کورٹ نہیں جارہی۔۔۔۔۔۔۔

دونوں نے مختلف سمتوں میں کروٹ بدل لی۔ بظاہر دونوں سونے کی اداکاری کر رہے تھے لیکن ذہن جب سوچوں کی آماجگاہ بن جائے تو نیند دور کھڑی منتظر رہتی ہے۔ جامی کو یہ خیال چاٹ رہا تھا کہ پرسوں گلنار یہاں نہیں ہوگی، ایک بندھن تھا جیسے تیسے نبھایا جاسکتا تھا، زندگی میں کوئی ایسی کڑواہٹ بھی نہیں تھی، گلنار تعلیم یافتہ خاتون ہے، اس کے اتنے بڑے فیصلے کی اوٹ میں میری شخصیت کی کوئی کمی کارفرما ہے لیکن ہم کھل کر ایک دوسرے سے بات کیوں نے کرتے، گلنار کی بات یہاں تک تو سچ ہے " ہمارے درمیاں کوئی خلاء ہے جو ہمیں قریب نہیں آنے دیتا۔" اس نے دوستی کو ازدواجی زندگی پر کیوں فوقیت دی، وہ تو مردوزن کی دوستی تھی، دونوں کسی وقت بھی بھٹک سکتے تھے، نہیں بھٹکے تو یہ ایک الگ بات ہے۔ جب تک وہ دوست رہے، غم کیا ایک دوسرے کی اداسی بھی جذب کرلیا کرتے تھے، یہ بھی تو کسی جذبے کا کمال تھا جو ایک دوسرے کے نہ ہوتے ہوئے بھی قریب اور قریب لاتا رہا۔ اب کیا ہے جو ایک دوسرے کے جسم و جاں کے مالک ہو کر بھی ایک بے اعتنائی کی سی کیفیت ہے۔ دل کا انگارہ دھکا تو جامی کو پیاس لگی، اس نے اٹھ کر ایک گلاس پانی حلق میں انڈیلا اور چند لمحے بیٹھنے کے بعد پھر لیٹ رہا۔ خلاء خلاء خلائ۔۔۔۔۔۔۔ اس خلاء کو پر کرنے کے لئے گلنار نے کوئی دوسرا راستہ کیوں نہیں اختیار کیا، شاید جذبات کی کوئی ایسی رو بھی ہوتی ہے جو انسان سے قوت فیصلہ بھی چھین لیتی ہے، سوچ و فکر کے دروازے بھڑ جاتے ہیں۔ ایک لمحے کے لے اس کا جی چاہا آواز دے کر گلنار کو جگادے لیکن اگلے ہی لمحے ایک نواب اور خوددار خاوند اس میں جاگ اٹھا۔ نہیں،

میرے حق میں یہ بہتر نہیں ہے۔ شاید کل کا دن گلنار نے اپنے فیصلے پر نظر ثانی کے لئے رکھا ہو گا۔

ہر عورت اپنے گھر میں ایک مقام چاہتی ہے، میں آج تک اس مقام کا تعین ہی نہیں کر پائی شاید یہی ناکامی کا باعث ہے لیکن حیثیت تو خود بنائی جاتی ہے اس میں جامی کا کوئی دوش نہیں اور میرے ذہن میں اٹھنے والے سوال اگر شدت سے جواب طلب تھے تو میں نے جامی سے اس کا اظہار کیوں نہیں کیا، یہ بھی بذات خود ایک سوال تھا جس کا میرے پاس کوئی جواب نہیں، ضرور مجھ میں کوئی خامی ہے ورنہ جامی بہت اچھے انسان ہیں۔ پھر اسی لمحے اس کے ذہن سے جانے کون سے خیال کا گزر ہوا جو اسے مطمئن کر گیا۔ اس نے کروٹ بدلی۔ جامی آپ جاگ رہے ہیں! وہ اپنے بستر پر نیم دراز تھا۔

ہاں۔۔۔۔۔۔۔

سو جائیں۔۔۔۔۔۔

اچھا، تم بھی سو جاؤ۔۔۔۔۔۔۔

اور پھر دونوں یوں سو گئے جیسے کئی راتوں کا رتجگا ہو لیکن بیدار اپنے وقت پر ہوئے۔ جامی شیو و شاور کرنے کے بعد لوٹا، لباس بدل چکا تو گلنار لپک کر اس کا کوٹ لے آئی تعجب کے ساتھ ایک سرور اس کے جسم میں داخل ہو گیا، وہ ناشتے کے لیے کمرے سے نکلا لیکن میز خالی دیکھ کر ٹھٹک گیا۔

خانساماں ابھی تک ناشتہ نہیں لایا۔۔۔۔۔

نہیں، میں نے اسے منع کر دیا تھا، آپ بیٹھیں میں ناشتہ لاتی ہوں۔ وہ سرعت سے گئی اور ناشتے کی ٹرالی کھینچ لائی۔ دونوں نے اکٹھے ناشتہ کیا۔ حیرتیں مسلسل جامی کے وجود پر اتر رہی تھیں۔ سوچنا کب کسی کے بس میں رہا ہے، انسان جو نہیں سوچنا چاہتا وہی سوچ

ذہن میں گھس آتی ہے اور جو سوچنا چاہتا ہے وہ نہیں سوچ سکتا۔ ایک خیال عبداللہ جامی کو نہال کر جاتا لیکن اسی کے کندھے سے جڑا دوسرا خیال اس اداس کر دیتا، ایک الجھن کسی اوٹ سے اسے تاڑ رہی تھی، گلنار کے اس رویے کو کیا نام دیا جائے، سمجھوتہ نہیں۔ وہ ایک سیٹھ کی بیٹی ہے، اس کے اندر کوئی بول اٹھا۔ اس نے نظر بچا کر گلنار کا چہرہ پڑھنا چاہا لیکن وہاں کوئی تحریر نہیں تھی یوں جیسے کہر آلود صبح کے بعد دن خوب روشن ہو جاتا ہے۔ گلنار ایک تعلیم یافتہ خاتون ہے اور شریک حیات بننے سے قبل وہ میری اچھی دوست تھی، شاید علیحدگی سے پہلے وہ مجھے پریشان نہیں کرنا چاہتی، بہر صورت یہ بھی اس کی سوچ کا ایک مثبت پہلو ہے! یہ خیال اس کے کندھے کو کندھا مار کر گزر گیا۔

جامی کورٹ جانے کے لئے اٹھا تو گلنار اس کا چشمہ اور گاڑی کی چابیاں لے آئی۔

آج میں تمہاری گاڑی سے کورٹ جاؤں گا، اپنی گاڑی کی چابیاں دو! اس نے چشمہ ہاتھ میں پھراتے ہوئے اسے دیکھا۔ اس نے سوچا ہم پڑھے لکھے لوگ ہیں، اگر یونہی ایک دوسرے کا احساس کیا جائے تو کوئی خلاء جنم ہی نہیں لے سکتا۔ اسے اپنے اندر شیرینی سی گھلتی محسوس ہوئی۔

گلنار ترنت اندر لپکی لیکن دل یوں بھر آیا کہ آنکھوں کے سامنے دھند سی چھا گئی۔ کمرے سے جامی تک کا راستہ جانے کتنا طویل ہو گیا تھا، اس نے چابیاں اپنی ہتھیلی پر رکھ کر اسے پیش کیں اور اس کے ساتھ گیٹ تک گئی لیکن واپس کمرے میں پہنچتے ہیں آنکھوں سے بادل برسنے لگا اور اتنا کھل کے برسا کہ دل پر جمے گلے شکووں کا میل بہہ گیا۔ اس نے جامی کے واپس آنے تک کے وقت کا بھرپور استعمال کیا اور فارغ ہوتے ہی ہلکا سا سنگھار کر کے بے جی کے پاس جا بیٹھی، گھنٹہ بھر باتیں کیں، گھڑی دیکھی اور اٹھ کر اپنے کمرے میں آ گئی۔ اسی سمے گیٹ سے باہر جامی کی گاڑی رکی۔ وہ اٹھ کر برآمدے میں آئی، مسکرا

کر اس کا سواگت کیا۔ جامی نے کوٹ اتار کر بیڈ پر رکھنا چاہا لیکن گلنار نے اس کے ہاتھ سے اچک کر ہینگر پر لٹکا دیا۔ وہ کپڑے بدلنے واش روم چلا گیا لیکن ایک سوچ اس کے ذہن کی دیواروں سے سر پھوڑنے لگی۔ ایک بازگشت اس کی سماعت کو دہلانے لگی۔۔۔۔

۔۔۔۔۔

ہمارے درمیان ایک خلاء ہے جو ہمیں قریب نہیں آنے دیتا۔۔۔۔۔۔ تم بتاؤ مجھے کیا کرنا ہو گیا۔۔۔۔۔۔۔ دستخط۔۔۔۔۔۔ کہاں۔۔۔۔۔۔ طلاق نامے پر۔۔۔۔۔۔ اس کے فیصلے میں استحکام ہے یا متزلزل ہو چکی ہے، جامی واش روم سے یہ سوچ اپنے ہمراہ لے آیا۔ ہاں اور نہیں کی کشمکش میں وہ کمرے میں داخل ہوا تو گلنار کو چائے سامنے رکھے منتظر پایا، ایک اور حیران اس کی سوچوں میں انتشار برپا کر گئی۔

گلنار کیسی عورت ہے جسے یہ معلوم ہونے کے باوجود کہ اس گھر میں میری حیات کی شرکت میں اس کی آخری رات ہے، کل دن کے کسی وقت بھی ہمارے راستے جدا ہو جائیں گے، بظاہر ہمارے چہروں پر سکون کی تہہ جمی رہی گی لیکن ایک صدمہ بہر حال دونوں جھیلیں گے، مجھے پہلے سے زیادہ وقت دے رہی ہے، میرے لیے دل میں احساس رکھنے لگی ہے، لگتا ہے یہ ایڈووکیٹ گلنار نہیں ہے، یہ تو کوئی گھریلو گلنار ہے، میں طلاق نامے پر دستخط نہیں کروں گا لیکن اسے کیوں بتاؤں! چائے کے دوران اتنی ساری باتیں اس کے ذہن سے گزر گئی تھیں۔

حسب معمول دونوں نے ایک ساتھ کھانا کھایا، کچھ دیر نواب صاحب اور بے جی کے پاس بیٹھے، وہ دونوں انہیں دیکھ کر خوش ہوتے رہے۔

جاؤ آرام کرو! بے جی نے دونوں کو اجازت دی اور نواب صاحب کی طرف دیکھ کر مسکرائیں۔

وہ اٹھے اور سلام کر کے اپنے کمرے میں آ کر لیٹ رہے۔ نیند دونوں کے دائیں بائیں سے گزر جاتی رہی۔

گلنار سو گئی ہو! جامی نے ایک کروٹ بدلی۔

نہیں، جاگ رہی ہوں۔۔۔۔۔

سو جاؤ۔۔۔۔۔

اچھا، مگر آپ کیوں جاگ رہے ہیں۔۔۔۔۔۔

بس یونہی۔۔۔۔۔۔

آپ بھی سو جائیں۔۔۔۔۔۔۔

اور پھر دونوں سو گئے۔ سورج کی کرنوں نے کمرے کو روشن کیا تو گلنار ہڑبڑا کر اٹھتے ہوئے کچن میں چلی گئی، تھوڑی دیر بعد اس نے آ کر جامی کو جگایا اور وہ واش روم چلا گیا۔ غسل کر کے لوٹا تو ناشتہ تیار تھا۔ ناشتے سے فارغ ہو کر وہ کورٹ جانے کی تیاری مکمل کر چکا تو گلنار اس کا کوٹ اور اپنی گاڑی کی چابیاں لے آئی۔ میں اپنی پرانی گاڑی سے کورٹ جاؤں گا! جامی نے کوٹ کا دوسرا بازو میں پہن کر نظریں اس کے چہرے پر روک لیں۔

کیوں!

اس لیے کہ آج پرسوں ہے، تم اپنی گاڑی سے کورٹ آ جانا! جامی کے چہرے پر جیسے پت جھڑ چھا گیا۔

میں آج کیا، کبھی کورٹ نہیں جاؤں گی، اور اب میں ایڈووکیٹ گلنار نہیں، گلنار جامی ہوں! وہ جامی کے کندھے پر سر رکھ کر سسک اٹھی۔

* * *

پٹری سے اترتے ہوئے

بورڈ آف ڈائریکٹر کی سالانہ میٹنگ اگلے ماہ کی چار تاریخ کو ہونا طے پائی تھی جس کا نوٹیفکیشن اسے موصول ہو چکا تھا۔ آج دو تاریخ تھی اور اس کے پی اے نے ساری دستاویزات مکمل کر کے فائل اس کی میز پر رکھتے ہوئے یاد دہانی بھی کرادی تھی۔ اس نے ڈرائیور کو طلب کیا اور گاڑی تیار کرنے کی ہدایت دے کر موبائل پر کوئی نمبر ڈائل کرنے لگا، چند لمحوں میں رابطہ ہوا تو گفتگو کا سلسلہ چل نکلا، جانے موضوع گفتگو کون سی بات تھی کہ وہ مسلسل سن رہا تھا۔ جی، جی ہاں، اچھا جی، بہتر۔ کے الفاظ اس کے ہونٹوں سے لگاتار ادا ہو رہے تھے اور چہرے کے تاثرات برہمی کی گواہی دے رہے تھے، یوں لگ رہا تھا جیسے اس سے کوئی لغزش سرزد ہو گئی اور اس کی پاداش میں کوئی سینئیر افسر اس کی سرزنش کر رہا ہو۔ رابطہ منقطع ہونے سے پہلے اس نے یوں خدا حافظ کہا جیسے نہ کہنا چاہتا ہو اور موبائل بے دلی سے میز پر پھینکتے ہوئے مخاطب کی گفتگو پر کڑھنے لگا، گفتگو کیا تھی ایک اچھا خاصا لیکچر تھا جس میں یوں ہدایات دی جارہی تھیں جیسے کسی اجڈ کو سمجھایا جاتا ہے، بات کے دوران اس نے کچھ کہنے کی کوشش کی تھی مگر وہ سعی لاحاصل تھی اور خاموشی میں ہی عافیت تھی۔ اس نے کرسی سے ٹیک لگا کر ایک ہی بات سوچی تھی، اس دور میں افسری نہیں نوکری بچانا اہم ہے اور وہ اس نے کسی نہ کسی طرح بچالی تھی لیکن یہ ایسی کامیابی تو نہیں تھی جس پر اترایا جاسکے بلکہ وہ تو کچھ بکھر سا گیا تھا۔ اب اسے تھوڑی دیر کے لیے سکون کی ضرورت محسوس ہوئی، ایسا سکون جس میں کوئی بھی اس کے پاس نہ

آئے تا کہ اس عرصہ میں وہ اپنے آپ کو یکجا کر سکے اور سبکی کا اثر زائل ہو جائے کہ میٹنگ میں تو اسے ہر صورت جانا ہی تھا۔ وہ اپنی کرسی سے اٹھا اور سامنے پڑے صوفے پر نیم دراز ہو گیا۔ خیالات آتے اور گزرتے رہے، مثبت بھی اور منفی بھی، پھر جانے کون سے خیال نے اس کے جسم سے سبکی کا لبادہ اتار پھینکا اور اسے ایک راحت اپنے اندر اترتی محسوس ہوئی، بس یہی لمحہ تھا کہ اس کی پلکیں جڑنے کو آ گئیں۔ نہیں، دفتر سونے کی جگہ نہیں، کام کرنے کی جگہ ہے، گھر چلنا چاہیے! اس نے خود کلامی کی، صوفے سے اٹھ کر انگڑائی لی اور گھنٹی بجا کر ڈرائیور کو گاڑی لانے کے لیے کہا، یوں بھی چار بجنے میں چند منٹ باقی تھے اس عرصہ میں اس کے پاس کوئی ایسا ضروری کام نہیں تھا جس کے لیے اس رکنا پڑتا۔

حسب معمول، چھوٹا سا خاندان، ایک بیٹا، ایک بیٹی، اور بیوی چائے کی میز پر اس کے منتظر تھے۔ چائے کا آخری گھونٹ حلق میں اتارنے کے بعد اس نے بیٹے سے کوئی بات کی جس سے سب مسکرا دیئے، زندگی کی جھیل انتہائی پر سکون تھی۔ اسے پتہ نہیں چلا بیٹا کب بی اے میں پہنچ گیا، بیٹی میٹرک میں کب آئی۔ وہ خود ایک جونیئر افسر تھا، سینئیر کب ہوا اور اب تو ڈائریکٹر کی کرسی پر بیٹھے اسے پانچ سال ہو چکے تھے۔ تھوڑی دیر بیٹھنے کے بعد وہ بیڈ روم میں چلا گیا، بیوی بھی اس کے ساتھ ہی اٹھ گئی، بچے لاؤنج میں ہی بیٹھے رہے۔ خبروں کا وقت ہو چلا تھا۔ اس نے ٹیلی ویژن آن کیا، خبریں شروع ہو چکی تھیں، وہ سنتا رہا، کمرشل بریک کے دوران اس نے پانی کا ایک گلاس پیا، جس کی اسے شدید طلب نہیں تھی۔ بن پیاس کے حلق سے نیچے انڈیل لیا تھا۔ شاید اس نے گزری خبروں کی وجہ سے ایسا کیا تھا، حالات نے اس پر سوچوں کی یلغار کر دی تھی لیکن کمرشل بریک میں اچھلتے کودتے لڑکے لڑکیوں نے سماں باندھ دیا تھا، چند لمحوں کے لیے سوچیں

کہیں دبک گئی تھیں، خبریں پھر شروع ہوئیں، وہی پریشان کن خبریں، تھوڑی دیر کے لیے وہ کھوسا گیا، یوں کہ بصارت و سماعت پر جیسے کوئی چادر سی تن گئی ہو، پھر ایک خبر نے تو اسے زلزلا کر رکھ دیا تھا۔

آپ میٹنگ پر نہ جائیں، کوئی بہانہ کر دیں، حالات اچھے نہیں، کچھ بھی ہو سکتا ہے، میرا تو دل بیٹھا جارہا ہے! اس کی بیوی کے چہرے پر پریشانی کی دھول صاف دکھائی دے رہی تھی۔ یہ ایک بیوی پہلے اور بعد میں ایک عورت کا مشورہ تھا۔

یہ کیسے ہو سکتا ہے کہ میں میٹنگ پر نہ جاؤں، میں ایک ذمہ دار افسر ہوں، بلاشبہ آج کل ایک بے یقینی اور پریشانی کا عالم ہے لیکن اس کا یہ مطلب ہرگز نہیں کہ ذمہ داریاں ترک کر دی جائیں، جو ہونا ہے بلآخر ہو کر رہے گا! یہ ایک ذمہ دار افسر کی آواز پہلے اور ایک ذی ہمت انسان کی آواز بعد میں تھی۔ اسے لگ رہا تھا جیسے بیوی کوئی بات چبا رہی ہے یا اسے درست جملہ بنانے کی کوشش کر رہی ہے جو جلد ہی اسے سننا پڑے گی۔ میں دو اڑھائی گھنٹے آرام کرنا چاہتا ہوں، اس کے بعد مجھے میٹنگ کے لئے روانہ ہونا ہے، تم چاہو تو بچوں کے ساتھ بیٹھ سکتی ہو، یہ کہہ کر اس نے ریموٹ سے ٹی وی بند کیا اور وہیں دراز ہو رہا۔ بیوی پانی کا گلاس بھر لائی کہ سونے سے پہلے وہ ایک گلاس پانی ضرور پیا کرتے تھے۔

رات کے بارہ بج کر پچیس منٹ ہو رہے تھے کہ باہر گاڑی کا ہارن بجا، وہ سمجھ گیا تھا ڈرائیور آ چکا ہے۔ اس نے فوراً چائے کا گھونٹ نیچے کیا، بریف کیس اٹھایا اور بیوی کو خدا حافظ کہتے ہوئے روانہ ہو گیا۔ کوئی چالیس کلو میٹر کا سفر طے کرنے کے بعد ڈرائیور کو گاڑی ایک چیک پوسٹ پر روکنا پڑی، ایک باوردی جوان قریب آیا۔

آپ کی شناخت جناب! جوان ڈرائیور کو نظر انداز کرتے ہوئے براہ راست اس سے مخاطب ہوا۔

بھائی میں سرکاری افسر ہوں اور یہ میری شناخت ہے! اس نے قمیض کی جیب پر لٹکتے کارڈ کی طرف اشارہ کیا۔

حضور یہ آپ کی محکمانہ شناخت ہے، میں آپ کی ذاتی شناخت پر اصرار کر رہا ہوں، جوان نہایت مودب تھا۔

یہ لیجئے! دو ایک لمحے تذبذب میں رہنے اور ڈرائیور کے سامنے اپنی سبکی کو پس پشت ڈالتے ہوئے اس نے اپنا شناختی کارڈ دکھایا۔

زحمت معاف! جوان کارڈ اسے واپس کرتے ہوئے بیریئر اٹھا کر دائیں سے جانے کا اشارہ کیا۔

ڈرائیور نے گاڑی آگے بڑھا دی۔ راستہ بھر اسے جانے کتنی پوسٹوں پر اس کوفت سے گزرنا پڑا تھا۔ اسی لیے سفر بھر اس نے ڈرائیور سے کوئی بات نہیں کی تھی، وہ جانتا تھا رات کے سفر میں ڈرائیور کے ساتھ بات کرنا اس لیے ضروری ہوتا ہے کہ اسے اونگھ نہ آ جائے، وہ تو ایک ہی بات سوچ رہا تھا حالات ایسے کیوں ہو گئے ہیں، کیا ہم اپنی شناخت کھو چکے ہیں، کیا ہم اپنے وطن میں اجنبی ہیں، جنہیں گزرنا ہوتا ہے گزر جاتے ہیں، سینہ تان کر بغیر ذاتی شناخت کرائے دکھائے، ان کی گاڑی رکتی ہی نہیں اور نہ انہیں کوئی پوچھنے والا ہے، انہیں جو کرنا ہوتا ہے دھڑلے سے کر گزرتے ہیں۔

آخری چیک پوسٹ سے سرخرو گزرنے کے بعد گاڑی منزل کے قریب پہنچی تو پو پھٹ رہی تھی۔ اس نے ڈرائیور کو ایک بڑے ہوٹل کے پاس رکنے کو کہا اور اتر کر ہوٹل کے استقبالیہ پر پہنچا لیکن اس سے پہلے اسے یہاں بھی اپنا حد و د اربعہ دوہرانا پڑا تھا۔ میٹنگ چونکہ داتا ہال میں نو بجے منعقد ہونا تھی اور اس کے پاس تین چار گھنٹے تھے، سوچا اس نے یہی تھا کہ نصف شب کے پریشان کن سفر کے بعد تھوڑا سا آرام کر لے گا اور پھر داتا ہال

بھی یہاں سے زیادہ دور نہیں تھا۔ استقبالیہ پر بھی اس کے ساتھ عجیب و غریب سلوک کیا گیا تھا، جانے اسے کیوں ایسا لگ رہا تھا جیسے وہ کوئی مشتبہ شخص ہے۔ استقبالیہ کلرک نے اس کی شخصیت کے متعلق کیا کچھ نہیں لکھا، شناختی علامت، کلائی پر بندھی گھڑی کا ٹریڈ مارک اور

وقت، بریف کیس کا رنگ اور اس میں پڑے کاغذات کی تفصیل، کمرے میں رکنے کا عرصہ اور جانے کیا کچھ۔ ایک لمحے کو اس کا جی چاہا یہاں مزید ECG کرانے سے بہتر ہے باہر نکل جاؤں، اس ہوٹل میں خاک آرام ملے گا، لیکن اس نے اپنے اس خیال کو تردید یوں کی کہ اس طرح تو وہ مشکوک ہو جائے گا۔ بمشکل اس نے کمرے کی چابی حاصل کی اور کمرے تک جانے کے لیے سیڑھیاں چڑھنے لگا۔

وہ داتا حال کی پارکنگ سے باہر آیا تو سوا آٹھ بج رہے تھے اور اس سے پہلے پہنچنے والے آفیسر ٹولیوں میں کھڑے گپ شپ کر رہے تھے، اس نے بھی سلام کیا اور ایک ٹولی میں شامل ہو گیا، ایک افسر اپنی بپتا سنا رہا تھا، اسے لگا جیسے یہ اس کی کہانی سنا رہا ہو، وہ خاموش رہا، اتنے میں ایک پاجیرو پارکنگ میں رکی، تمام افسر فوراً ایک قطار میں کھڑے ہو گئے، جیف ڈائریکٹر نے سب سے مصافحہ کیا اور تمام لوگ ہال میں داخل ہو کر اپنی اپنی جگہ بیٹھ گئے تھے۔ میٹنگ شروع ہوئے پون گھنٹہ گزر چکا تھا اور تھوڑی دیر بعد چائے کا وقفے کا اعلان ہونا تھا لیکن اس کی نوبت ہی نہیں آئی، داتا ہال کی عمارت یوں لرز اٹھی جیسے کوئی بڑے ریکٹر سکیل کا زلزلہ آیا ہو اور ساتھ ہی ایک بھیانک دھماکا کی آواز آئی۔ داتا ہال کی کھڑکیاں بج اٹھیں اور شیشے ٹوٹ کر بکھرتے ہوئے چند افسروں کو زخمی کر گئے۔ ہر چہرے پر فق ہو گیا تھا۔ ایک بھگدڑ سی مچ گئی تھی۔ زخمی افسروں کو فوراً طبعی امداد لے لیے ہسپتال روانہ کر دیا گیا۔ ٹیلی ویژن پر فوراً بریکنگ نیوز چل گئی۔ خود کش دھماکا اسی ہوٹل

میں ہوا تھا جس میں اس نے تھوڑی دیر پہلے آرام کیا تھا۔ میٹنگ فی الفور منسوخ کر دی گئی اور سب لوگ اپنے اپنے گھروں کو روانہ ہو گئے۔

شام کے پانچ بج رہے تھے۔ جب گاڑی اس کے گھر کے سامنے رکی، اسے ایک اور حیرت کا سامنا ہوا۔ ایک باوردی جوان بندوق لیے چاق و چوبند گیٹ کے سامنے کھڑا تھا۔ وہ چلتا ہوا اس کے قریب پہنچا تو اس نے روک لیا۔

آپ کی شناخت حضور! جوان نے احترام ملحوظ رکھا۔

اب اپنے گھر میں بھی داخل ہونے کے لیے شناخت کرانی پڑے گی! اس کی پیشانی پر شکنیں ابھر آئی تھیں۔

کیا ہم لوگ اتنی ہی پٹری سے اترے ہوئے ہیں، یہ لو اور مجھے جانے دو۔

٭٭٭

مجبور میں ہی نہیں

لب سڑک اس ہوٹل پر جانے کب رش ہوتا ہو گا۔ اس وقت تو باہر پڑے بے ترتیب میز کرسیوں پر دو آدمی الگ الگ بیٹھے تھے۔ اور ایک ذرا دور منجی پر لیٹا جانے کس خیال میں گم تھا، اس کے سرہانے پڑی چلم کی ٹوپی سے اٹھتا دھواں گواہی دے رہا تھا کہ ابھی لیٹا ہے۔ وہ بھی کرسی کھینچ کر بیٹھ گیا۔ تھوڑا وقت بیت گیا۔ ہوٹل کے عملہ سے کوئی بھی اس کے پاس نہ آیا تو اس نے سوچا شاید دو چار مزید گاہک آئیں گے تو سب کو ایک بار ہی چائے پیش کی جائے گی، یا جو چیز گاہک طلب کرے اسے دی جائے گی۔ اسے تو چائے کی کوئی خاص طلب بھی نہیں تھی۔ وہ تو یونہی یہاں سے گزرتے ہوئے ذرا سستانا چاہتا تھا۔ اس ہوٹل سے آگے ایک فرلانگ کے فاصلہ پر لاری اڈہ تھا جہاں اس نے گھر کے لیے بس میں سوار ہونا تھا اور آج شام تک اسے ہر صورت میں گھر پہنچنا تھا۔ کہ وہ بیوی سے کہہ آیا تھا، مر نہیں گیا تو شام تک واپس آجاؤں گا۔ اور اس کی بیوی نے کہا تھا۔ اللہ نہ کرے۔ گھر چھوڑتے وقت تینوں بیٹیوں میں کوئی ایک بھی اس کے سامنے نہیں تھی۔ بڑی بیٹی نے تین سال قبل میٹرک پاس کیا تھا اور گھر کی ہو کر رہ گئی تھی، منجھلی نے مڈل کر کے کسی سلائی کڑھائی کے ادارے میں داخلہ لے لیا تھا اور سب سے چھوٹی اب ساتویں جماعت میں تھی جس کے متعلق اس کی بیوی نے چند ماہ پہلے اس کے کان میں کوئی بات کہی تھی جسے سنتے ہی اس کے چہرے پر فکر مندی کی تہیں چڑھ گئی تھیں، اس لمحے اس نے جانے کیا کچھ سوچا تھا، کچھ اچھا، کچھ بالکل اچھا نہیں بلکہ کفران نعمت کی حد تک۔۔۔۔۔۔ ایک

بار تو اس نے یہ بھی سوچ لیا کہ اب تو ڈاکہ ڈالنے کی ہمت بھی نہیں اور پلکوں کے نیچے ایک بے چارگی لیے دن گزارتا رہا۔

ہوٹل پر اس سے تین کرسیوں کے فاصلے پر ایک اور آدمی بیٹھا، وہ اس کے قریب سے گزرا تھا اور اس نے اس کا حلیہ بغور دیکھ لیا تھا۔ گہرے گندمی رنگ کے اس شخص کا قد چھے فٹ سے کچھ کم ہو گا۔ اس نے اپنے چہرے پر چادر لپیٹ رکھی تھی تاہم اس کی بڑی بڑی مونچھیں چادر کی اوٹ سے جھانک رہی تھیں۔ بڑی بڑی۔۔۔ خطرناک آنکھوں کی وحشت سے وہ اس وقت سہم گیا تھا جب اس نے گزرتے ہوئے اس پر ایک نظر ڈالی تھی۔ کچھ دیر اس کی ایک نظر کا اثر اس کے ذہن و دل پر رہا، پھر زائل ہو گیا اور وہ سڑک پر سے گزرتی گاڑیاں اور لوگ دیکھتے ہوئے وقت گزارنے لگا۔ جانے کس خیال سے اس کے اندر ایک پھلجھڑی سی چھوٹی اور غائب ہو گئی، اسی خیال نے اس کی گردن چادر والے آدمی کی سمت موڑ دی۔ اس نے دیکھا وہ اپنے کسی خیال میں گم بیٹھا تھا، اس نے نظر بچا کر اپنی پہلو کی جیب سے ایک تڑا مڑا کاغذ کا ٹکڑا نکالا اور اس کی طرف پیٹھ کر کے اس بوسیدہ ٹکڑے کو چند ثانیے دیکھا پھر ایک ایک زاویے سے چادر والے کو دیکھا وہ اسے ہی دیکھ رہا تھا، اس کی نظریں یکدم لوٹ آئیں لیکن اب اسے کسی خوف کا سامنا نہیں کرنا پڑا، اسے لگا جیسے چادر والے کی نظریں بھی اس کے چہرے سے ٹکرا کر فوراً واپس ہو گئیں تھیں۔ دونوں ایک دوسرے کے لیے اجنبی تھے پھر ایسی کون سی بات تھی جو دونوں کو ایک دوسرے کو کنکھیوں سے دیکھنے پر مجبور رتھے۔ وہ اس کے پاس جا کر بیٹھنے کا ارادہ باندھتا لیکن اس کی آنکھوں سے ٹپکتی وحشت اس کا حوصلہ چوس لیتی تھی۔ اس کے دل میں انگڑائیاں لیتی خواہش کی تکمیل اس سے تین چار کرسیوں کے فاصلے پر تھی اور اب وہ اپنی خواہش کو بزدلی کی بھینٹ نہیں چڑھانا چاہتا تھا۔ وہ اٹھا اور اس سے پہلے کہ قدم آگے

بڑھاتا۔ اسے لگا جیسے کسی نے اس کے دونوں کندھوں پر ہاتھوں کا دباؤ ڈال کر بٹھا دیا ہو۔ وہ واپس کرسی پر بیٹھ چکا تھا، ایک بھیانک خیال، سینے میں اترتی ریوالور کی گولی، خون کا چھوٹتا فوارہ، خنجر کا اچانک وار، پیٹ سے لڑھکتی آنتیں، لوگوں کا ہجوم میز کرسیوں کے درمیان ایک تڑپتا جسم، زندگی اور موت کی کشمکش میں، ہسپتال پہنچاؤ نہیں پولیس کو آنے دو، بھئی آدمی کی جان نکل رہی ہے، ہاں مگر یہ سرعام ایک قتل ہے، تین سو دو کا کیس ہے، ایک سرپٹ دوڑتا آدمی، خنجر لہراتا، کبھی پستول دکھاتا، دوڑتے ہوئے آدمی کے تعاقب میں چند لوگ، فضا میں بکھرتی ایک آواز جس نے بھی پیچھا کیا بھون کر رکھ دوں گا۔ تعاقب میں نکلے واپس آتے لوگ تڑپتے جسم کی ڈوبتی نبضیں اور پھر لاش۔ ذرا سی دیر میں یہ سارے مناظر اس کی نظروں میں گھوم گئے، اب اسے چائے کی شدید طلب ہوئی، اس نے ہوٹل والے کو دیکھا، چولہے پر پڑی پتیلی میں چائے چھینٹ رہا تھا اور اس کی مہک اس کے نتھنوں میں اشتہا پھیلا رہی تھی۔ ایسا ہو سکتا ہے، اس نے سوچا اور اس کے جسم پر ایک کپکپی سی گذر گئی۔ اور نہیں بھی، ایک ہمت افزا خیال نے اس کے اندر انگڑائی لی، ممکن ہے وہ ایک اچھا انسان ہو، یہ فرض کرتے ہی جیسے کسی نے اس کے دونوں گالوں پر ہاتھ رکھ کر اس کا چہرے چادر والے کی طرف موڑ دیا۔ پھر دونوں کی نظریں چار ہوئیں تو چادر والا سینے کی جیب میں ہاتھ ڈال رہا تھا۔ شاید جیب میں سے چائے کے پیسے نکالنا چاہتا ہو، لیکن ابھی چائے تو اس نے پی ہی نہیں تھی۔ اسے الجھن سی ہوئی لیکن اس وقت اس کا فشار خون بلند ہونے لگا جب اس نے اس کی طرف پہلا قدم اٹھایا، رکا جیب ٹٹولی اور ہولے ہولے چلتا اس کے سامنے پڑی خالی کرسی کی پشت پر ہاتھ رکھتے ہوئے اس کی طرف پیٹھ کر کے کھڑا ہو گیا۔ اس کا جی چاہا یہاں سے اٹھ کر بھاگ جائے۔ کیا پتہ اگلے چند لمحوں میں کیا ہو جائے۔ لیکن بیٹھا رہا جیسے ہپناٹائز کر دیا گیا ہو۔ چادر والے نے جیب ٹٹولی جیسے کسی

بات کا یقین کر لینا چاہتا ہو۔ وہ جانے کیوں پرے تکنے لگا۔
چائے پی لی؟ یہ آواز کسی اور کی نہیں چادر والے کی تھی۔
نہیں! وہ مسلسل سڑک کے پار دیکھ رہا تھا۔ لیکن اسے محسوس ہوا جیسے اس کی نہیں میں ایک رعب سا تھا جو نہیں ہونا چاہیے تھا۔ اکٹھی پئیں گے اس نے یوں کہا جیسے دو شناسا عرصہ بعد ملے ہوں اور ایک تکلفاً کہہ رہا ہو یا اس کا گفتگو کا آغاز کرنے کا انداز ہو۔ بات کرتے ہوئے چادر اس کے منہ سے اتر گئی اس نے دیکھا، گہرے سانولے رنگ کے باوجود سیاہ کالی مونچھیں اس کے چہرے پر بھلی لگ رہی تھیں۔ اس کی بڑی بڑی آنکھوں نے شاید خواب بھی بڑا ہی دیکھا ہو گا لیکن اس کی آنکھوں میں لکھی عبارت وہ پڑھ نہ سکا۔ اس نے ایک ٹک اسے دیکھا تو وہ جھینپ سا گیا۔

وہ خاموش رہا، اس کے ذہن کی سلیٹ پر لکھے الفاظ جو اس کی زبان نے ادا کرنے تھے یکدم دھندلے پڑ گئے اور وہ کسی سوچ سمندر میں کود گیا۔ چادر والے نے ہوٹل والے کی طرف دیکھا، کہا کچھ بھی نہیں لیکن وہ دونوں کے سامنے چائے رکھ کر چلا گیا۔ چند ثانیے دونوں نے چپ سادھے رکھی، پیالیوں سے بھاپ اٹھتی رہی اور دونوں جانے کہاں بھٹکتے رہے۔

تم سے ایک بات کہوں!
کہو!
دارا چاقو کا نام تم نے سنا ہے۔
ہاں سنا ہے! چائے کی پیالی اس کے ہاتھ میں لرز گئی۔
حکومت نے اس کے سر کی قیمت سات لاکھ رکھی ہے۔
ہاں! اسے لگا منزل خود چل کر اس کے پاؤں سے لپٹنے والی ہے، مراد بر آنے والی

ہے، اب تینوں بیٹیوں کے جہیز کا بندوبست ہو جائے گا، اور جانے کون سا خیال اس کے ذہن سے گزر گیا۔ اس نے ادھر ادھر دیکھا ہوٹل کے گاہکوں میں اضافہ نہیں ہوا تھا، منجی پر لیٹے ہوئے شخص نے کروٹ بدل لی تھی اور اب اس کی پیٹھ ان کی طرف تھی۔

اب کیا کروں، پولیس کو اطلاع کروں۔ نہیں، اس کی منت سماجت کر لیتا ہوں، اس نے سوچا اور بغلی جیب سے اخبار کا تراشہ نکال کر مٹھی میں بند کر لیا، میں جانتا ہوں تم ایک شریف آدمی ہو اور اپنے دل میں میرے لیے ہمدردی رکھتے ہو میری مجبوریاں اگرچہ تمہارے سامنے نہیں میری حالت تو تم دیکھ رہے ہو، مجھے یقین ہے تم میرے کام آؤ گے۔ اس نے اپنی حالت چادر والے کے سامنے دھر دی۔

ہاں ہاں کیوں نہیں، ہم دونوں ایک دوسرے کے کام آسکتے ہیں۔

وہ کیسے۔ اس کی نظریں سوالیہ نشان بن گئیں۔

وہ اس طرح کہ چادر والے نے سینے کی جیب میں ہاتھ ڈال کر ایک تہہ کیا ہوا اخبار کا ٹکڑا نکالا۔ سامنے میز پر رکھا۔ اس کی تہیں کھولیں یہ تم ہو دارا چاقو۔ اب میں چاہوں تو تمہارے بدلے حکومت سے سات لاکھ لے سکتا ہوں لیکن نہیں تم مجھے چار لاکھ دو اور بھاگ جاؤ! چادر والے کی آنکھوں میں کامیابی کی چمک اتر آئی، اور یہ تم ہو۔ اس نے مٹھی میں بند کاغذ کھول کر اخبار کے تراشے پر رکھ دیا، یہ بھی وہی تراشا تھا۔ اب میں تم سے کچھ نہیں کہوں گا۔ میں جان گیا ہوں دارا چاقو تم ہو نہ میں البتہ ہماری منزل ایک ہے، چلو اپنے اپنے گھر لوٹ چلتے ہیں۔ اس نے دیکھا چادر والے کی آنکھوں میں آنسو بھر گئے تھے۔ اس نے پھر چادر میں منہ لپیٹا اور تھکے تھکے قدموں سے ہوٹل سے نکل گیا۔ اس نے اسے جاتے دیکھ کر سوچا مجبور میں ہی نہیں وہ مجھ سے زیادہ مجبور تھا۔

***

کرسی پہ بیٹھی تنہائی

یہ بنگلہ جس کے سرونٹ کوارٹر میں آج میں رہ رہا ہوں، بائیس سال قبل بیوی کی خواہش پر بڑے شوق سے بنوایا تھا۔ میں اگرچہ کوئی بڑا افسر نہیں تھا لیکن بیوی کے دل میں جانے یہ شوق کیسے پیدا ہو گیا تھا اور اس نے اپنی اس خواہش کا اظہار مجھ سے برملا کر دیا تھا۔ میں سن کر ہنس دیا تھا اور وہ جھینپ گئی تھی مگر میں اسی دن سے اس کی یہ خواہش اپنے دل میں سنبھال کر لی تھی۔ میرے گھر میں تین خوبصورت پھول کھلے تھے۔ دو بیٹے اور ایک بیٹی، بیٹے جڑواں تھے اور بیٹی ان سے چار سال چھوٹی تھی۔ زندگی اتنی کٹھن بھی نہیں تھی کہ تھک کر میں کہیں ستانے بیٹھ جاتا لیکن یہ بات مجھے کل کی طرح یاد ہے کہ بیوی کی اس بات کے بعد میرے شب و روز میں واضح تبدیلی ہونے لگی تھی۔ دولت جانے کہاں سے چلتی اور میری جھولی میں آن گرتی۔ حالات جیسے بھی ہوں خوشحال چہرہ اپنی کتھا سنا دیتا ہے۔ بیوی کبھی کبھی مجھے غور سے دیکھتی اور میرے دل میں جھانکنے کی کوشش کرتی لیکن میں جوان تھا اور جذبات کو خود سر ہونے کی اجازت نہیں دے سکتا تھا۔ اسی لیے میں نے اس بنگلے کی تعمیر و تکمیل تک اپنے چہرے پر دوسرا چہرہ سجائے رکھا۔ بیٹے میٹرک میں پہنچ چکے تھے اور بیٹی چھٹی جماعت میں۔۔۔۔۔۔۔۔۔۔

بنگلے کی تعمیر جوں جوں تکمیل کے مراحل طے کر رہی تھی میں اتنا ہی بیوی کی خواہش کے روبرو سرخرو ہوتا جا رہا تھا۔ اس دوران میں نے کبھی بیوی سے اس موضوع پر بات نہیں کی تھی۔ میں چاہتا تھا کہ ایک دن اسے مکمل اور ہر چیز سے آراستہ بنگلے میں لا کر

چابی اس کے حوالے کرتے ہوئے خود کہیں ٹیل لگا کر نہال ہوتا رہوں گا۔ اسے تو اپنی بات بھول ہی گئی تھی کہ برسوں کی دھول جو اس پر جم گئی تھی۔ میں اسے پل پل کی خبر دینا چاہتا تھا مگر ایک تجسس جو میں نے اس کے لئے رکھ چھوڑا تھا میرے لیے کس طرح کڑوے گھونٹ سے کم نہیں تھا۔ میں قدم پہ قدم رکھتا اپنی منزل کے قریب تر ہوتا جا رہا تھا۔

میں نے اپنے برے دنوں میں بھی بیوی کے چہرے پر غم کی پرچھائیں آتے نہیں دیکھی تھی شاید یہی وجہ تھی کہ اس کی فطری مسکراہٹ نے مرے حوصلے کی دیوار کو ڈھینے نہ دیا۔ میں ہمیشہ نئے عزم کے ساتھ گھر سے نکلتا تھا اور جب شام کو گھر لوٹتا تو اسے یوں منتظر پاتا جیسے ایک مدت کے بعد لوٹا ہوں۔ ہر شخص کو اپنی بیوی اچھی لگتی ہے، اس طرح مجھے بھی اپنی بیوی سے پیار تھا لیکن یہ پیار قطعاً جوابی نہیں تھا، وہ نیک تھی اس لیے بچوں کی تربیت کے سلسلے میں میں بے فکر تھا لیکن جب اولاد جوان ہو جائے تو والدین بے بس ہو کر رہ جاتے ہیں۔ بڑا بیٹا بی اے میں پہنچ چکا تھا، چھوٹا آٹھویں اور نویں جماعت میں مسلسل دو بار فیل ہونے کے باعث ایف اے میں پڑھ رہا تھا۔ اگرچہ دونوں جڑواں تھے۔ اور ان میں چھوٹے بڑے ہونے کا فرق مشکل پیدا کر سکتا تھا لیکن یہ مشکل میری بیوی نے آسان کر دی تھی۔ اور بڑا اسی کو کہا تھا جو بی اے میں تھا۔ یہ یوں بھی صحت مند اور پھرتیلا تھا، جب کہ چھوٹا جسمانی طور پر کمزور اور جھگڑالو سا تھا۔ بڑے کی شکل وشباہت مجھ جیسی تھی اور چھوٹا ہم دونوں کی ملی جلی صورت۔۔۔۔۔۔۔ بیٹا ہو بہو ماں کے نقوش لے کر آئی تھی اور اب میٹرک میں تھی۔ ان دنوں میں نے ایک سیکنڈ ہینڈ کار خرید لی تھی۔ اور شام کو بیوی بچوں کو ساتھ لے کر گھومنے نکل جاتا تھا۔ کبھی ہم کسی پارک میں شام گزارتے تو کبھی گھر سے نکلتے ہی بڑا بیٹا پکچر ہاؤس جانے کی فرمائش کر دیتا۔ میں بیوی کی

طرف دیکھتا اور وہ بجائے میری طرف دیکھنے کے باہر دیکھنے لگتی۔ گویا یہ ذمہ داری مجھ پر پھینکنا چاہتی ہو، میں بھانپ جاتا کہ وہ رضامند نہیں اس لئے میں گاڑی سینما روڈ کی بجائے دوسری سڑک پر موڑ لیتا۔

ابو گھر سے نکلتے ہوئے میں نے ایک بات کہی تھی! بڑا بیٹا کہتا۔

چھوڑو یار فلم ولم، کیا تین گھنٹے سکرین پر نظر جمائے بیٹھے رہو، طرح طرح کی آوازیں سنو، انٹرول ہو تو صرف ایک آواز "چائے گرم" جو سینما کی تاریخ جتنی پرانی ہو چکی ہے سنو، کیوں نا کھلے آسمان تلے کھلی فضا میں بیٹھیں، سورج کا غروب دیکھیں، پرندے دیکھیں، ان کی بولیاں سنیں کہ یہ ہماری زندگی کا حسن ہیں اور زندگی صرف ایک بار ہے! چھوٹا اپنی رائے دیتا۔

تم ایسا کرو بڑے میاں گاڑی سے اترو اور سیدھے مسجد چلے جاؤ ہر کام وقت پر اچھا لگتا ہے لیکن تم سڑیل مزاج ہو! بڑے نے چھوٹے کو کھری کھری سنائیں تو بیوی میری طرف دیکھتے ہوئے مسکرادی اور میری مسکراہٹ بھی اس میں گم ہو کر رہ گئی۔ میں نے ہمیشہ بیوی کی خواہش کو کلیجے سے لگا کر پالا ہے یوں جیسے کوئی پودا لگا کر اس کو پانی دینا فرض ہو جاتا ہے۔ اس طرح بچوں کی تربیت کے موقع پر بھی میں نے ہمیشہ بیوی کی بات کو اہمیت دی۔ اس کی مسکراہٹ میں میں نے ایک تخلیق کی آسودگی دیکھی تو مجھے احساس ہوا جیسے آسمان کو گرنے سے بچانے کے لئے میں نے سہارا دے رکھا ہو۔ بیٹی جانے کس سوچ میں گم بیٹھی تھی۔ بیٹیوں کو کیا ہے پرایا دھن ہیں یہ سوچتے ہی میں اداس ہو گیا میں نے تھوڑی سی نظریں گھما کر بیوی کا چہرہ دیکھا شاید وہ بھی یہی سوچ رہی تھی۔ اس لئے اس کا چہرہ اداسی میں اور بھی خوبصورت لگ رہا تھا۔ میں نے گاڑی ایک معروف تفریحی پارک کے پاس روکی اور سب لوگ اتر کر پارک کے ایک گوشے میں جا کر کھڑے ہو گئے۔ بڑا بیٹا

سوچ کر کیا بنا ہوا تھا۔ مجھے احساس تھا کہ جوان بیٹے کی خواہش پر پاؤں رکھنا اچھی بات نہیں لیکن وقت کا شاید یہی تقاضا تھا۔

ہم پارک سے نکلے تو سورج قریب الغروب تھا۔ میں نے گاڑی کا رخ گھر جانے والی سڑک کی طرف کیا تو بچوں نے کچھ اور دیر گاڑی میں بیٹھنے کا اصرار کیا میں نے شہر سے نکلنے والی لمبی سڑک کا انتخاب کرتے ہوئے گاڑی ادھر موڑ دی۔ بچے اپنی جگہ محفوظ ہو رہے تھے لیکن جو منظر میں نے دیکھا وہ میرے تصور میں تصویر ہو کر رہ گیا۔ ہوا بالوں کی لٹ بار بار میری بیوی کے چہرے پر پھینک رہی تھی جسے ہٹانے کی اس کی تمام کوششیں ناکام ہو چکی تھیں۔ میرا دھیان گاڑی کی طرف کم اور بیوی کی طرف زیادہ ہو رہا تھا اور یہ سوچ کر کوئی ناخوشگوار واقع نہ پیش آجائے سڑک کے ایک طرف گاڑی چند لمحوں کے لئے روک دی۔

اب واپس چلنا چاہئے! میں نے بیوی کی طرف دیکھا۔

جی ہاں! اس نے پیچھے مڑ کر تینوں بچوں کو دیکھا۔

میں نے وہیں یوٹرن لیا ہی تھا کہ بنگلہ ذہن میں جانے کہاں سے آگیا۔ میں نے گاڑی کی رفتار بڑھا دیا اور پون گھنٹے کے سفر کے بعد شاہراہ کی ایک ذیلی سڑک پر مڑ کر ایک جگہ گاڑی روک دی۔ یہ بنگلوں کی ایک لائن تھی۔ باہر بورڈ لگا ہوا تھا جس پر آفیسرز ایونیو لکھا تھا۔

ابو یہاں آپ کے کوئی دوست رہتے ہیں! بیٹی نے مجھ سے پوچھ لیا تھا۔

نہیں، بیٹی اور چند لمحوں کے لئے خاموش ہو گیا۔

گاڑی میں سب خاموش بیٹھے ہوئے تھے، یہی سوچ رہے ہونگے کہ یہاں آنے کا

مقصد کیا ہے اور میں سوچ رہا تھا کہ بات کا آغاز کیسے کروں لیکن یہ سوچنے میں میں نے چند لمحوں سے زیادہ وقت نہیں لیا تھا۔ میں یوں بھی وقت کا قدر دان ہوں اس کے پیچھے زندگی جیسی انمول شے چھپی ہے اور ان لوگوں کے شب و روز اب بھی ذہن میں محفوظ ہیں۔ جنہوں نے وقت ضائع کیا اور وقت نے ان پر تمام دروازے بند کر دیے۔ میں دیکھ رہا تھا میری بیوی کی نظر اسی بنگلے پر جمیں تھیں جس میں کوئی بلب روشن نہیں تھا لیکن ارد گرد کی روشنی میں سب سے نمایاں نظر آرہا تھا۔

وہ سامنے تین نمبر بنگلا دیکھ رہے ہیں جس میں ابھی اندھیرا ہے چند دنوں میں آباد ہو جائے گا یہ ایک ایسا شخص کا بنگلہ ہے جس نے غربت بہت قریب سے دیکھی ہے۔ آج کل وہ آسودہ حال ہے لیکن یہ آسودگی اسے رستے میں پڑی نہیں ملی تھی بلکہ وقت کے مقابل ایک عرصہ تک اسے بر سر پیکار رہنا پڑا تھا۔ اس دوران کئی بار اس کے حوصلے کی دیوار گرنے تک پہنچ گئی تھی مگر عظیم تھی اس کی بیوی جس نے اس دیوار کو گرنے نہیں دیا۔ اور اپنی ہمت کا فولاد اس کی اینٹوں میں اتارتی رہی۔ میں نے بچوں کا ذکر نہیں کیا۔

بنگلہ کیسا ہے! میں نے بیوی کی طرف دیکھا۔

وہ چند لمحے خاموش رہی پھر بولی، میں سوچ رہی ہوں بنانے والا اس پر بے تحاشہ دولت خرچ کر رہا ہے اس میں جب بلب اور ٹیوب روشن ہوں گے تو اطراف بنگلے اس کے سامنے جھونپڑیاں نظر آئیں گے۔

اس کی یہ بات سن کر میرا سینہ پھول گیا جیسے کسی غبارے میں ضرورت سے زیادہ ہوا بھر دی جائے۔

ابو اس وقت ہمیں یہ بنگلہ دکھانے کا کیا مطلب ہے! چھوٹے بیٹے نے اس قدر اچانک پوچھا کہ مجھے بمشکل اپنی بوکھلاہٹ چھپانی پڑی۔

میں چونکہ ادھر سے گزرتا رہتا ہوں اور یہ عمارت مجھے اچھی لگتی ہے اس لئے سوچا آپ کو دکھاتا چلوں! میں یہ جانتا تھا کہ بیٹے کے سوال کا یہ مکمل اور معقول جواب نہیں ہے لیکن کچھ نہ کہنے سے یہی کہنا بہتر تھا۔

اب گھر چلیں! میں نے گاڑی سٹارٹ کرتے ہوئے بیوی کی طرف دیکھا جو مسلسل بنگلے کے در و دیوار تک رہی تھی۔ میرے دل میں وسوسوں نے سر اٹھانا شروع کر دیا، اندر کے چور نے میرے خیال کی کنڈی کھولنا چاہی اور میں ذہنی طور پر بیوی کی اپنی خواہش کے اظہار کا منتظر رہنے لگا لیکن وہ کچھ نہ بولی مجھے اپنی عجلت پسندی اچھی نہ لگی۔ گھر تک کا راستہ خاموشی سے کٹ گیا۔ بیوی کی خاموشی کے علاوہ بچوں کی چپ بھی مجھے کھلنے لگی تھی اور یوں لگنے لگا تھا جیسے سبھی لوگ اس بنگلے پر سوچ رہے ہوں لیکن گھر پہنچ کر یہ خیال میرا غلط ثابت ہوا، بچے ٹیلی ویژن کے سامنے جا بیٹھے اور بیوی بغیر کسی توقف کے کچن میں چلی گئی تھی، میں نے اخبار اٹھالیا تھا، یوں تو میں سارا اخبار دیکھ چکا تھا لیکن ایڈیٹر کی ڈاک ابھی باقی تھی۔ اور مجھے یہی پڑھنے کا چسکا تھا۔ کھانا تیار ہو کر لگ چکا تو بیوی نے سب کو نام لیکر پکارا، مجھے بھی، یہ اس کی پرانی عادت تھی۔ اگرچہ میرا نام اتنا پرکشش نہیں تھا لیکن جب بھی وہ مجھے بلاتی تو مجھے اپنے نام پر رشک آنے لگتا۔ میں بھی اس کا نام لیکر پکارتا تھا لیکن جانے میرا وہ انداز نہیں تھا جس کے باعث میں جب بھی اسے بلاتا میری کیفیت عجیب سی ہو جاتی۔ ہم دونوں میں ایک مشترک یہ بھی تھی کہ ہم نے ایک دوسرے کے ناموں پر اختصار کی آری نہیں چلائی تھی۔

کھانے کی میز پر سب اکٹھے ہوئے تو کھانا شروع کیا گیا۔ بڑا بیٹا کھانے کے دوران کوئی بات کر لیتا چھوٹا یوں کھا رہا تھا جیسے پستول کی نوک پر اسے کھانا کھلایا جا رہا ہو۔ بیٹی جانے کن خیالوں میں گم تھی میری نظر بیوی کے چہرے پر جا کر اٹک گئی۔ میرا جی چاہا کھانا

چھوڑ کر اسے تکتا رہوں لیکن ایسا ممکن نہیں تھا بچے پاس بیٹھے تھے۔ سب سے پہلے چھوٹے بیٹے نے کھانا ختم کیا اور گھر سے نکل گیا۔ میں چند دنوں سے اس کی یہ مشق دیکھ رہا تھا لیکن خاموش اس لئے تھا کہ میرے بچے نے عیب زندگی گزار رہے تھے۔ پھر بھی میرے دل میں بے یقینی نے چٹکی سی بھر لی تھی۔ چند لمحوں کے توقف سے میں بھی قدم پہ قدم رکھتا گیٹ سے باہر نکل گیا۔ میں نے دیکھا کہ میرا بیٹا سگریٹ کے سوٹے مار رہا تھا۔ مجھے یہ دیکھ کر خوشی نہیں ہوئی کہ بیٹا جوان ہو گیا اور سگریٹ پینے لگا ہے۔ لیکن میں غصے میں بے قابو بھی نہیں ہوا تھا کہ کالج کے ابتدائی ایام میں میں نے بھی یہ حرکت اس لئے کی تھی کہ میرے دوستوں میں کچھ لفنگے بھی شامل تھے۔ میرے بیٹے کے دوستوں میں بھی ضرور ایسے ہوں گے۔ میرے اندر جیسے شام ہو گئی۔ میں اندر آگیا بڑا بیٹا اور بیٹی اپنے اپنے کمروں میں جا چکے تھے۔ بچوں کے کمرے کھلے ہونے کے باوجود میں ان کے کمروں کے اندر کبھی نہیں گیا تھا۔ بیوی جھاڑ پونچھ کے لئے جاتی اور واپسی پر دروازہ بھیڑ کر مطمئن ہو جاتی۔

کہاں گئے تھے، کھانا کھانے کے فوراً بعد گھر سے باہر نکلنا میرے معمولات میں نہیں تھا اس لئے بیوی نے پوچھ لیا۔

بس یوں ہی باہر نکل گیا تھا۔ میرے لہجے میں بیزاری شاد زیادہ نمایا تھی یا چہرے پر بیٹے کے ہونٹوں سے نکلتا سگریٹ کا دھواں جم کر رہ گیا تھا۔ میں نے محسوس کیا بیوی نے بہت عرصے بعد میرا چہرہ غور سے دیکھا تھا۔ بیوی دنیا کی وہ واحد مخلوق ہے جو تعلیم سے قطع نظر ایک چہرے پر لکھی عبارت فر فر پڑھ لیتی ہے۔ اور وہ چہرا اس کے نامدار کا ہوتا ہے۔ وہ خاموش ہو گئی تھی لیکن میں نے دیکھا میری اداسی کا کچھ حصہ اس کے چہرے پر منتقل ہو گیا تھ۔ وہ اٹھی اور میرے لئے چائے بنانے چلی گئی بچے اس وقت چائے نہیں

پیتے تھے۔ بیوی کے واپس آنے تک تنہائی کے لمحات میں میں نے جانے کیا کچھ سوچ لیا تھا۔ لیکن جو کچھ بھی سوچا اس میں بنگلہ شامل نہیں تھا۔ میں نے طے کر لیا تھا کہ مہینے میں ایک بار بچوں کے کمرے کا چکر لگا لیا کروں۔ چند ماہ میں اپنے اس ارادہ کی انگلی تھام کر چلتا رہا مگر ایک دن یوں بچھڑا جیسے کوئی بچہ میلے میں اپنی ماں سے جدا ہو جائے۔ مجھے بچوں کے کمروں میں کوئی مشکوک مواد نہ مل سکا۔ دو سال کا عرصہ بیت گیا۔ بڑا بیٹا ایم اے کرتے ہی ایک فیکٹری میں منیجر ہو گیا تھا۔ چھوٹا وقت کو سگریٹ کے دھوئیں میں اڑاتا رہا۔ بیٹی ایف اے کے دوسرے سال میں تھی۔ میں نے ایک بار چھوٹے بیٹے کو لاری اڈہ کے پان بیڑی سگریٹ والے کھوکھے کے باہر سگریٹ پیتے دیکھ لیا۔ دل میں سوئی ہوئی بے یقینی کی آنکھ کھل گئی اور میں نے کمروں کی تلاشی کا عمل وہاں سے شروع کر دیا جہاں سے چھوڑا تھا لیکن اس بار چھوٹے بیٹے اور بیٹی کے کمرے میری زد پر تھے۔ بڑے بیٹے نے شروع سے مجھے مطمئن رکھا اور اب تو وہ افسر بن گیا تھا۔ اس سے قطع نظر کہ میں غیر اخلاقی عمل کا مرتکب ہو رہا تھا میں ایک فرض کی بجا آوری میں بھی مشغول تھا۔

آج خلاف معمول میں اتنی جلدی گھر آ گیا تھا کہ بیٹی کالج سے نہیں لوٹی تھی، بیوی نے صرف میری طبیعت دریافت کی چائے پوچھی اور اپنے کاموں میں مشغول ہو گئی۔ میں کپڑے بدل کر لیٹ رہا لیکن لیٹتے ہی مجھے خیال آیا کیوں نہ بیٹی کے کمرے کا دورہ کیا جائے میں ٹہلتا ہوا کمرے کے پاس جا پہنچا۔ حسب معمول دروازہ کھلا مگر بھڑا ہوا تھا۔ میں اندر داخل ہو گیا۔ کمرہ صاف ستھرا تھا۔ ہر چیز سلیقے سے پڑی تھی البتہ ایک کتاب جسے بیٹی رائٹنگ ٹیبل پر رکھ گئی تھی وہیں پڑی تھی میں نے کتاب اٹھا کر کھولنا چاہی تو وہیں سے کھلی جہاں ایک ڈاک کا لفافہ رکھا گیا تھا۔ لفافے پر پتہ درج تھا اور بند نہیں کیا گیا تھا۔ میں نے چند لمحے یہ سوچنے میں صرف کر دیئے کہ لفافے کے اندر رکھا خط مجھے پڑھنا چاہیے یا نہیں،

کیا میں کوئی اخلاق سوز حرکت تو نہیں کرنے جارہا۔ لیکن میرا ضمیر خاموش تھا۔ میں نے لفافے سے خط نکال کر پہلی سے آخری سطر تک پڑھ ڈالا۔ میں جانتا ہوں میری پیشانی پر پریشانی کی کوئی شکن نہیں ابھری تھی بلکہ ایک سکون کا احساس ہونے لگا تھا۔ میں نے خط لفافے میں رکھا، لفافہ کتاب میں اور کتاب میز پر وہیں رکھ کر جہاں سے اٹھائی تھی، کمرے سے باہر آگیا۔ تھوڑی دیر بعد بیٹی بھی کالج سے آگئی تھی۔ میں نے بیٹی کا چہرہ دیکھا دور کہیں صحرا میں بگولے رقص کر رہے تھے۔

شام ہوتے ہی میں نے شیو تازہ کیا۔ کپڑے بدلے اور گاڑی لے کر گھر سے نکل گیا۔ پہلی بار بیوی نے مجھے نہیں پوچھا تھا کہاں جارہا ہوں۔ آدھ گھنٹے کی ڈرائیو کے بعد میں نے گاڑی ایک گھر کے سامنے روکی، اترا، اطلاع کی گھنٹی بجائی اور پھر گاڑی کے پاس آکر کھڑا ہو گیا۔ گیٹ کھلا، ایک شخص باہر آیا۔ میرے متزلزل حوصلے کی جنبش رک گئی۔ اس نے مصافحہ کرتے ہوئے اپنا نام بتایا، میں نے بھی۔

کیا حکم ہے! اس نے جیسے میرے اندر جھانکنے کی کوشش کی۔

میں آپ کا زیادہ وقت نہیں لوں گا۔ آیئے گاڑی میں بیٹھ کر بات کر لیتے ہیں۔ میں نے اجنبی ہوتے ہوئے بھی اس کے شانے پر ہاتھ رکھ دیا تھا۔

نہیں، میں ڈرائنگ روم کھولتا ہوں سکون سے ایک دوسرے کی بات سنیں گے۔ اس نے میری تجویز رد کر دی تھی۔

آیئے! اس نے مجھے نام سے پکارا اور استقبالیہ انداز میں اندر آنے کی دعوت دی۔ ایک صوفے پر بیٹھ گیا اور قریب پڑی کرسی پر میرا میزبان۔ چند منٹ ہمیں ایک دوسرے کا حدود اربعہ بتاتے ہوئے بیت گئے۔ اس سے آگے بڑھنا میں نے وقت کا ضیاع سمجھا اور جاری گفتگو کو اصلی موضوع کی طرف لے آیا۔ بیچ میں ٹیلیفون کی گھنٹی بج اٹھی۔

جی، تو آپ بچوں کے حوالے سے بات کر رہے تھے۔ اس نے ریسیور کریڈل پر رکھتے ہوئے میری طرف متوجہ ہو کر دلچسپی کا اظہار کیا۔

یہ ہمارا دور نہیں، بچوں کا زمانہ ہے، جس سے گمراہی اور معاشرتی برائی کا کوئی پہلو نہ نکلتا ہو، بچوں پر ایسی پابندی کا قائل نہیں ہوں اور یہ بھی نہیں چاہتا کہ بچوں کی خوشیاں اور خواہشات ہماری انا کی بھینٹ چڑھتی رہیں۔ میں آپ کو واشگاف الفاظ میں بتا دینا چاہتا ہوں کہ ہمارے بچے، اگرچہ وہ نوجوان ہیں، ایک دوسرے کو چاہتے ہیں، محبت کرتے ہیں ایک دوجے سے، لیکن اس سے قبل کہ وہ سرکشی اپناتے ہوئے بغاوت پر اتر آئیں، ہمیں کوئی لائحہ عمل اختیار کرنا ہوگا، کوئی حکمت عملی اپنانا ہوگی۔ یہ دونوں خاندانوں کی ناک کا مسئلہ ہے لیکن بخدا آپ یہ مت سمجھئے گا کہ میں بیٹی پلیٹ میں رکھ کر آپ کو پیش کرنے آیا ہوں۔

نہیں، میں ایسا کچھ نہیں سمجھوں گا، نہ سوچوں گا، آپ کی بیٹی میری بیٹی ہے اور میرا بیٹا آپ کا بیٹا! اس نے اس قدر اچانک کہا کہ میں نے فرط جذبات میں اس کا ہاتھ چوم لیا۔

مجھے یقیناً آپ سے اسی سلوک کی توقع تھی! میں نے اس کی آنکھوں میں دیکھا۔

آپ مطمئن ہو جائیں، ہم عنقریب کسی شام آپ کے گھر آئیں گے! اس کی بات، بات کم اور فیصلہ زیادہ لگ رہی تھی۔ مجھے یوں لگا جیسے چاند پر پہلا قدم رکھنے والا میں ہوں اور کامیابی میرے ارد گرد بھنگڑا ڈال رہی ہو۔ اس نے سامنے میز پر رکھے ریموٹ کا بٹن دبایا اور گھر کے اندر ایک گھنٹی بجی۔ ایک بائیس تئیس سالہ نوجوان ڈرائینگ روم میں داخل ہوا اور سیدھا میرے پاس آکر سلام کرتے ہوئے ہاتھ ملایا۔ سفید رنگ، کلین سیو اور نکلتے قد کا یہ نوجوان خوبصورت تھا۔

میرا بیٹا ہے! اس نے میری طرف مسکرا کر دیکھتے ہوئے بیٹے کا نام بتایا۔ یہی نام میں

نے بیٹی کے خط میں پڑھا تھا۔ مجھے اضافی اطمینان ہوا۔ نوجوان تھوڑی دیر بیٹھ کر اندر چلا گیا اور پھر تکلف چائے کا اہتمام کیا گیا۔ چائے کے بعد میں نے اجازت چاہی۔ میرے میزبان نے انتہائی خلوص سے مجھے رخصت کیا۔ میں ہمالیہ سر کر کے آدھ گھنٹے میں گھر پہنچ گیا تھا۔۔۔۔۔۔۔ گاڑی کھڑی کی اور اندر گیا۔ گھر میں صرف بیوی اور بیٹی موجود تھیں۔ بڑا بیٹا فیکٹری کی مصروفیات سے فارغ ہو کر نو بجے گھر آتا تھا لیکن چھوٹے کا گھر دیر سے آنا میرے لئے سوہان روح بنا ہوا تھا۔ جانے آدھی رات تک وہ گھر سے باہر کیا کرتا رہتا تھا۔ کالج جانا تو اس نے ایک سال پہلے ترک کر دیا تھا۔ سب سوجاتے لیکن میری بیوی جاگتی رہتی اور گیٹ آدھی رات تک کھلا رہتا۔ میں نے کئی دنوں سے بیٹے کا چہرہ نہیں دیکھا تھا اور بیوی سے پوچھنے پر ہی اکتفا کر لیتا تھا۔ ایک رات گیٹ اتنے زور سے بند ہوا کہ میری آنکھ کھل گئی۔ میں نے دیکھا بیوی اپنے بستر پر نہیں تھی اور گیٹ کے اندر اونچی باتیں سنائی دے رہی تھیں۔

امی تم۔۔۔۔۔۔ ابھی تک جاگ رہی ہو! بیٹا ماں سے کہہ رہا تھا۔
ہاں جاگ رہی ہوں! میری بیوی کی آواز بہت دھیمی تھی۔
کیوں! اس نے سوال کیا۔
تیرے لئے اور کس کے لئے! اس کی ماں کے غصے پر بھی ممتا غالب تھی۔
ارے ماں۔۔۔۔۔۔ میں کوئی بچہ تھوڑی ہوں جو رات کو گھر آتے ہوئے ڈروں گا۔
اس کی آواز کی لڑکھڑاہٹ کوئی اور چغلی کھا رہی تھی۔ میں باہر نکل کر برآمدے میں آ گیا جہاں اندھیرا تھا۔ بیٹے کے چہرے پر میری نظر پڑی۔ اس کے چہرے اور کندھوں کی ہڈیاں نکل آئی تھیں اور مزید کھڑے رہنا اس کے لئے مشکل ہو رہا تھا۔ ادھر آؤ میں نے کڑک کر اسے بلایا۔

جی۔۔۔۔۔۔ابو!اور وہ لڑکھڑاتا ہوا میرے پاس آکر کھڑا ہو گیا۔

کہاں رہتے ہو تم آدھی رات تک! میری نظریں اس کے چہرے پر جم کر رہ گئی تھیں۔

دوستوں۔۔۔۔۔کے ساتھ ہوتا ہوں! ابو اور کہاں ہوتا ہوں! اس کے لہجے میں تھکن اور گستاخی تھی۔

تمہارے منہ سے بد بو کیسی آرہی ہے، شراب پی کر آئے ہو! بیٹے کو اس حالت میں دیکھ کر میرے اوسان خطا ہو گئے۔ یوں لگ رہا تھا جیسے غصے سے میرے دماغ کی شریانیں پھٹ جائیں گی۔

نہیں ابو! وہ جھوٹ بول رہا تھا اس لئے لڑکھڑاتا ہوا ایک قدم پیچھے ہٹ گیا۔

نکل جاؤ اسی وقت میرے گھر سے! میں نے پوری قوت سے اس کے منہ پر تھپڑ دے مارا۔ اس نے اپنا ایک ہاتھ اپنے گال پر رکھ دیا اور اس سے قبل کہ میں اسے دوسرا تھپڑ مارتا بیوی نے بیچ میں آکر دونوں ہاتھ جوڑ دیئے۔ اس کے ہاتھوں نے جیسے میرا آدھا غصہ چوس لیا اور میں بڑبڑاتا ہوا بیڈ روم میں آگیا، بیوی آدھ گھنٹے بعد آئی۔ بیٹے کو کمرے میں پہنچا کر سلانے کے بعد آئی ہوگی۔ میں نے لیٹ کر دیوار کی طرف کروٹ بدل لی تھی اور بہت دیر جاگنے کے بعد پتہ نہیں کب سو گیا۔ صبح ناشتے کی میز پر میں نے بڑے بیٹے اور بیٹی کے چہرے دیکھے، مجھے یک گونہ آسودگی کا احساس ہوا لیکن یہ احساس اس وقت زائل ہو گیا جب میری نظر بیوی پر پڑی۔ اس کی آنکھیں رت جگے سے سرخ ہو رہی تھیں اور چہرے پر پیلاہٹ اتر آئی تھی۔ میرے اندر جلتے دیئے کو جیسے کسی نے پھونک مار کر بجھا دیا ہو۔ میں اٹھا اور گاڑی لے کر دفتر روانہ ہو گیا۔

۔۔۔۔

مالک مکان چلے گئے امی! اس نے ماں کو ایسی نظروں سے دیکھ کر سوال کیا گویا پھر کبھی نہیں دیکھ سکے گا۔ وہ میرے متعلق پوچھ رہا تھا۔

مالک مکان نہیں، وہ تمہارے ابو ہیں! ماں نے اس کے سر پر ہاتھ پھیرنا چاہا لیکن وہ پیچھے ہٹ گیا۔

ہوں گے! اس کی نظریں چھت سے جا لگی تھیں۔

چل ناشتہ کرلے! ماں نے اس کا ہاتھ پکڑ کر ڈائیننگ ٹیبل کی طرف لے جانا چاہا۔

نہیں ماں! اور وہ لمبے لمبے ڈگ بھرتا نکل گیا۔ ماں کی آنکھوں کے بھرے پیمانے چھلک پڑے۔ ماں وہ واحد ہستی ہے جس کی آنکھوں کے سوتے کبھی خشک نہیں ہوتے۔ گھر بیٹھی شام تک روتی رہی۔ میں شام کو دفتر سے لوٹا تو وہ سوگوار بیٹھی تھی۔ میں بڑے اچھے موڈ میں گھر آیا تھا کہ آج دفتر میں میرے میزبان نے فون پر گھر آنے کا عندیہ دیا تھا یوں میں گھر آتے ہوئے کھانے پینے کی چیزیں بھی ساتھ لے آیا۔ بیٹی اپنے کمرے سے نکل کر میرے پاس آگئی تھی۔ اس کا چہرہ بھی اترا ہوا تھا۔ میں اگرچہ ان کے چہروں پر چھائی اداسی اور سوگواری کی کہانی کا عنوان پڑھنا چاہتا تھا لیکن فی الحال ایسا ممکن نہیں تھا۔

کھانا تیار کرنے کے لئے میں نے ہدایت دے کر بیٹی کو کچن میں بھیج دیا اور بیوی کی بتایا کے آج میرے بہت اچھے مہمان آرہے ہیں میرے جاننے والے میرے محسن، اس لئے ان کا بھرپور سواگت ہونا چاہئے۔ بیوی نے مجھ سے کوئی سوال نہیں کیا، خاموش رہی۔ میں اسے ہنسانے کی کوشش کرتا رہا لیکن لگتا تھا جیسے مسکراہٹ اور اس کے لبوں کے درمیان اونچی دیوار چن دی گئی ہو۔ تب میں نے بیوی سے کہا تھا، دیکھو! ہماری اداسیاں صرف ہماری ہیں انہیں مہمانوں پر مسلط کرنے کا ہمیں کوئی حق نہیں اس لئے اپنے چہرے سے سوگواری دھو کر اسے اجلا کرلو۔ یہ کہہ کر میں غسل کرنے چلا گیا اور

واپس آکر ڈرائنگ روم میں بیٹھ گیا۔ چند منٹ بعد بیوی بھی وہاں آگئی۔ اس کے چہرے پر ہلکا سا سنگھار یوں لگ رہا تھا جیسے کسی میت کے پاس کوئی رقاصہ رقص کر رہی ہو۔ بیٹی کچن سے فارغ ہر کر اپنے کمرے میں چلی گئی۔

کون لوگ ہیں! بیوی نے بیٹھتے ہی پوچھ لیا۔

میں نے اسے بتانے کے لئے سانس اندر کھینچی ہی تھی کہ صحن میں گھنٹی بجی۔ میں فوراً سانس خارج کرتے ہوئے گیٹ پر پہنچا۔ میرے مہمان آچکے تھے۔ وہ بھی دونوں میاں بیوی آئے تھے۔ میں نے ان کا استقبال کیا اور ڈرائنگ روم میں لے آیا۔ میری بیوی نے بھی انہیں خوش آمدید کہا۔ میں اپنے مہمان کے ساتھ اور میری بیوی مہمان خاتون کے ساتھ بیٹھ گئی تھی۔ بڑے بیٹے کے آنے میں ابھی آدھ گھنٹہ باقی تھا اس لئے ہم آپس میں گپ شپ کرنے لگے۔

دو بیٹے اور ایک بیٹی! میری بیوی مہمان خاتون سے کہہ رہی تھی۔ بڑا بیٹا جو ابھی آئے گا فیکٹری میں منیجر ہے۔ اس سے چھوٹا، اور پھر میں نے دیکھا جیسے اس کی سانس رک گئی اور اس کے چہرے پر اندوہ کی خاک سی اڑنے لگی۔ کہیں اپنے دوستوں میں بیٹھا ہو گا۔ ایک بیٹی ہے جو ایف اے میں پڑھ رہی ہے اور اس وقت اپنے کمرے میں ہے۔

میرا ایک بیٹا ہے ماشاء اللہ بی اے میں پڑھ رہا ہے۔ اور اس کے بعد امریکہ جانے کا ارادہ رکھتا ہے۔ ہم نے اسے بہت سمجھایا ہے لیکن وہ مسلسل اصرار کر رہا ہے، خاتون نے اپنی بات کی۔

باہر گاڑی رکنے کی آواز آئی میں سمجھ گیا تھا بڑا بیٹا آیا ہے۔ ہمارے بیٹے نے ڈرائنگ روم میں آکر مہمانوں کو سلام کیا اور ایک طرف بیٹھ گیا۔

ہمارا بڑا بیٹا ہے۔ میں نے اپنے مہمانوں کو بتایا۔

اب جب کہ سب اکٹھے ہو چکے تھے تو کیوں نہ ہم اپنے آنے کا مدعا بھی کہہ دیں۔ میرا مہمان اپنی بیگم کی طرف دیکھ کر مسکرایا۔ ہم آپ کی بیٹی کو اپنی بیٹی بنانا چاہتے ہیں، ہمارا صرف ایک بیٹا ہے ہم چاہیں گے وہ آپ کی فرزندی میں چلا جائے، دونوں خاندان بخیر وخوشی ایک ہو جائیں۔

ہماری بیٹی تو ابھی پڑھ رہی ہے! بیوی نے میری طرف یوں دیکھا جیسے کہنا چاہتی ہو یہ بات آپ بھی کہہ سکتے تھے۔ مجھے سکون سا محسوس ہوا کہ اس نے بات آگے بڑھانے میں میری مدد کی تھی۔ بیٹا جیسے کسی اتھاہ سوچ میں اتر گیا تھا۔ تھوڑی سی کوشش کے بعد مہمان میری بیوی اور بیٹے کو قائل کرنے میں کامیاب ہو گئے اور نشانی کے طور پر ایک انگوٹھی میری بیٹی کو پہنا کر ممنون ہوتے رخصت ہو گئے۔ میں نے سوچا مدت سے اکڑے جسم کو ڈھیلا چھوڑتے ہوئے سکون سے نیند ندی میں اتر جاؤں گا۔ بیٹا اپنے کمرے میں چلا گیا تھا۔ میری نظر بیوی کے چہرے پر جا ٹکی۔ غم اور اداسی کے سنگم نے اس کے چہرے پر بے چارگی طاری کر دی تھی۔

آپ کو جوان بیٹے پر ہاتھ نہیں اٹھانا چاہئے تھا اس نے بہت دنوں سے اٹکی ہوئی بات میرے حوالے کر دی۔

تم ٹھیک کہتی ہو لیکن جانتی ہو ہمارا بیٹا غلط راستے چل نکلا ہے۔ یہ وہ راستہ ہے جو کھائی در کھائی پستیوں میں اترتا ہی چلا جاتا ہے۔ میں اس وقت جوان بیٹے کا باپ نہیں بلکہ صرف مرد بن کر رہ گیا تھا! میں جب یہ کہہ رہا تھا بیوی میری آنکھوں میں اترتی جا رہی تھی۔

اولاد جوان ہو جائے تو والدین کو بوڑھا ہو جانا چاہئے۔ اس کی آواز میں شامل کرب میرے سینے میں کرپان کی طرح اتر گیا تھا لیکن بیٹے کی نشہ آلود آنکھیں یاد آتے ہی جیسے

مجھ پر جھنجلاہٹ سی طاری ہونے لگتی تھی۔

تو کیا تم یہ چاہتی ہو میں اس سے معافی مانگ لوں! یہ کہتے ہو شاید میرے چہرے کی رنگت بدل گئی تھی۔

نہیں، میں آپ کو یہ بتانا چاہتی ہوں کہ وہ گھر چھوڑ کر چلا گیا ہے! اور وہ سسک اٹھی۔

مجھے یوں لگا جیسے میری آنکھوں کی بینائی چلی گئی۔

آجائے گا تم پریشان نہ ہو، میں نے اسے جھوٹی تسلی دی لیکن یہ رات میں نے کروٹ بدلتے گزار دی۔ میں نے اور میرے بیٹے نے اسے ڈھونڈنے کی بھرپور کوشش کر لی تھی لیکن کہیں بھی اس کا سراغ نہ پا سکے تھے۔

دن، ہفتے اور مہینے یوں گزرے کہ ایک سال بیت گیا۔ گھر میں مسلسل ویرانی سی آ بسی تھی۔ انہی غمزدہ ایام میں میں نے بیٹی کی شادی کر دی لیکن رخصتی کے بعد میں بیٹی سے اس وقت ملا جب وہ اپنے خاوند کے ساتھ امریکہ جا رہی تھی۔ بیوی چھوٹے بیٹے کی جدائی میں خون تھوکنے لگی تھی۔ میں بھی لگاتار پریشان رہنے کے باعث دفتری امور بخوبی انجام نہیں دے سکتا تھا۔ اس لئے ریٹائرمنٹ لے لی اور زیادہ وقت بیوی کے ساتھ گزارنے لگا۔ میں اس کے ساتھ دنیا بھر کی باتیں کرتا کہ اس کا دل بہلا رہے لیکن میری ایک لمحے کی خاموشی میں وہ بیٹے کو یاد کر کے رونے لگتی اور پھر اسے کھانسی کا دورہ پڑ جاتا۔ میں گھر سے باہر نکلتا تو جلدی لوٹ آتا کہ ڈاکٹر نے اسے زیادہ اکیلا نہ چھوڑنے کا مشورہ دیا تھا۔ بیٹا فیکٹری سے آکر ہمارے پاس گھنٹہ بھر بیٹھتا اور اپنے کمرے میں چلا جاتا۔

شام گزرے دو گھنٹے بیت چکے تھے اور ہم دونوں دکھ سکھ بانٹ رہے تھے کہ باہر گاڑی آکر رکی، ہم سمجھ تئے تھے کہ بیٹا آیا ہے لیکن وہ آج اکیلا نہیں تھا، اس کے ساتھ

ایک جوان لڑکی بھی تھی وہ دونوں سیدھے ہمارے پاس آئے، سلام کیا اور کھڑے رہے۔

اس سے قبل کہ میں بیٹے سے لڑکی کے متعلق پوچھتا، اس نے خود ہی تعارف کرادیا۔

میرے ابو اور امی! اس نے پہلے ہمیں اور پھر ساتھ کھڑی لڑکی کی طرف دیکھا۔

اور یہ میرے ایک دوست کی بہن ہے اب میری بیوی اور آپ کی بہو ہے، ہم نے کورٹ میرج کی ہے! اس نے ہماری طرف دیکھ کر نظریں جھکالی تھیں۔

میرا جی چاہا اٹھ کر بیٹے کی چھاتی میں گھونسا مار دوں۔ میں نے بیوی کی طرف دیکھا ایک عرصہ بعد اس کے ہونٹوں پر مسکراہٹ آئی تھی۔ مجھے یوں لگا جیسے وہ کہہ رہی ہو۔ "اولاد جوان ہو جائے تو والدین کو بوڑھا ہو جانا چاہیئے۔" میں بھی زبردستی مسکرایا تھا۔

اچھا کیا بیٹا، تمہاری پسند ہماری پسند ہے کیوں نا! بیوی نے مجھ سے تصدیق چاہی۔

ہاں ہاں کیوں نہیں، آؤ بیٹھو! میں نے نہ چاہتے ہوئے بھی بیوی کی بات پر مہر ثبت کر دی۔

وہ دونوں کچھ دیر بیٹھ کر اپنے کمرے میں چلے گئے تھے، میں نے دیکھا بیوی کے چہرے پر کوئی ملال نہیں تھا بلکہ ایک سکون نے چادر تان لی تھی ورنہ کسی ماں کو بیٹے کے سر پر سہرا دیکھنے کا ارمان نہیں ہوتا۔ وہ اٹھی اور آہستہ آہستہ قدم اٹھاتی کچن کی طرف گئی۔ میں بھی اس کے ہمراہ ہو لیا اور کھانا تیار کرنے میں اس کی مدد کرتا رہا۔ کھانا میز پر لگانے کے بعد میں نے بیٹے کو آواز دی، وہ دونوں آگئے۔

کھانا تو ہم کھا آئے تھے امی لیکن آپ کے ساتھ ضرور Share کریں گے ہماری بہو نے اتنی اپنائیت سے کہا تھا کہ سچی ہم دونوں کو اس پر بہت پیار آیا۔

کھانے کے دوران اکا دکا بات چیت بھی ہوتی رہی لیکن بیٹا مسلسل ہم دونوں کو تکتا رہا مبادا ہم کہیں اسے اس کے چھوٹے بھائی کا ذکر نہ چھیڑ دیں مگر ہم نے ایسا کرنا تھا نہ کیا۔

کھانا ختم ہوا تو ہماری بہو برتن سمیٹنے لگی۔ میری بیوی نے اسے ایسا نہ کرنے کو کہا۔ میں اس گھر میں مہمان نہیں ہوں ابو! بہو نے پہلی دفعہ مجھے مخاطب کیا تھا۔ وہ تو ٹھیک ہے بیٹی لیکن، میری بات مکمل ہونے سے قبل وہ برتن اٹھا کر چلی گئی تھی۔

ہم دونوں کی نظریں ٹکرا کر جدا ہوئیں تو ہم نے اس کو مختلف زاویوں سے سوچا۔ ہمارے بیٹے نے اگرچہ خاندانی روایات سے بغاوت کی ہے لیکن اس کا اچھا پہلو ہمیں کوئی خاص زحمت نہ دینے کا ہے! میں نے بیوی کی طرف دیکھا۔ سب سے بڑھ کر یہ کہ بیٹا ہماری آنکھوں کے سامنے ہے وہ ماں تھی اس لئے اس کی سوچ ممتا کے مدار سے باہر نہیں نکل پائی تھی۔

میں مطمئن ہو چکا تھا کہ بیوی کی دیکھ بھال کے لئے گھر میں بہو آ چکی تھی۔ میں بہت دنوں سے اپنے دفتری ساتھیوں سے ملنے کے لئے بے چین ہو رہا تھا۔ سب لوگ بہت اچھے تھے۔ پچھلے ہفتے میرے ہیڈ کلرک کی ہمشیرہ کا انتقال ہو گیا تھا۔ اس لئے افسوس کرنے بھی جانا تھا۔ ایک کلرک کی شادی ہوئی تھی۔ جس نے ولیمہ میں شرکت کے لئے مجھے دعوت نامہ بھیجا تھا۔ اسے مبارک باد بھی دینا تھی۔ ہم سب دفتر میں مختلف لوگوں پر اپنی محبتیں نچھاور کر رہے تھے لیکن میرے دل کی اداسی کی تہہ دبیز ہوتی جا رہی تھی۔ میرا دم گھٹتا جا رہا تھا میں ایک لمحے میں گھر پہنچنا چاہتا تھا۔

بہو کو گھر آئے سات ماہ ہو چکے تھے اور حالات گواہی دے رہے تھے کہ مجھے اپنے سرمائے پر منافع ملنے والا ہے۔ میرے گھر میں ایک ننھی سی چیخ ابھرنے والی ہے، ایسی چیخ جو ہمیں اپنے وجود کا احساس دلائے گی، گھر میں ایک فرد کا اضافہ ہو جائے گا۔ اس گھر کی خاموش فضا میں کوئی کلکاریاں بھرنے والا بھی ہو گا۔ یہ تصور ہی میرے لئے کتنا خوش کن

تھا۔ میں دوستوں سے تقریباً جان چھڑا کر نکلا تھا لیکن پھر بھی گھر پہنچتے تک ڈیڑھ بج ہی گیا تھا۔

امی کو کھانسی کا شدید دورہ پڑا تھا، گھر داخل ہوتے ہی بہو نے پریشانی کی حالت میں مجھے بتایا۔

اب کیسی ہے! ایک کرب مجھے اپنے اندر اترتا محسوس ہوا۔

اپنے بیڈ میں لیٹی ہیں۔ شاید سوگئی ہیں! بہو نے ہاتھ سے اشارہ کیا۔

میں فوراً اندر لپکا۔ وہ آنکھیں کئے لیٹی تھی۔ میں نے اس کا نام لے کر بلایا۔ اس نے یوں اپنی آنکھیں آدھی کھول کر بند کرلیں جیسے کوئی گہری نیند سے بیدار ہر کر پھر سو جاتا ہے۔ میں نے اس کی پیشانی پر ہاتھ رکھا، بخار نہیں تھا۔ میں قریب پڑی کرسی پر بیٹھ گیا اور بہو گھر کے کام میں مشغول ہوگئی۔ میں جتنی بھی دیر اس کے پاس بیٹھا رہا میری نظریں اس کا چہرہ پڑھتی رہیں۔ یوں ایک گھنٹے بعد اس نے آنکھیں کھول کر مجھے دیکھا اور مسکرا دی۔ پتہ نہیں کیوں اس وقت اس کی مسکراہٹ نے میرے کلیجے میں چھید کر دیئے تھے۔ جواباً مجھے بہت دور سے مسکراہٹ کھینچ کر لانا پڑی تھی۔ میں نے فوراً سہارا دے کر اسے اٹھایا اور پینے کیئے لئے پانی گلاس دیا۔

تمہاری طبیعت بگڑ گئی تھی اب کیسی ہو! میں نے خالی گلاس پرے رکھتے ہوئے اس سے پوچھا۔

ٹھیک ہوں! اس نے میری طرف غور سے دیکھا۔ گویا شکوہ کر رہی ہو تم مجھے اکیلا چھوڑ کر کہاں چلے گئے تھے؟

میں جانتا تھا کھانسی کے دورے کے بعد اسے بحال ہونے میں گھنٹہ بھر لگتا تھا۔ میں نے بہو کو بلالیا اور تھوڑی دیر تک ہم ادھر ادھر کی باتیں کرتے رہے تا کہ اس کی طبیعت

بہلی رہے۔ بہو اچانک اٹھی اور کھانا لگا آئی۔ میں نے بیوی کو بازو سے پکڑ کر اٹھانا چاہا۔

نہیں چھوٹے کے ابو میں خود چل کر جاؤں گی۔ اس نے میری طرف دیکھا اور چھوٹے چھوٹے قدم اٹھاتی میرے ساتھ چل دی۔ کھانے کے کمرے سے باہر کا منظر صاف دکھائی دیتا تھا۔ باہر دھوپ نہیں تھی لگتا تھا جیسے بادل گھر آئے ہوں موسم خوشگوار ہو گیا تھا۔ بہو برتن سمیٹ کر کچن میں گئی تو میں نے بیوی سے کہا اگر ہمت پاؤ تو تھوڑی دیر کے لئے باہر گھوم آئیں موسم اچھا ہو رہا ہے۔

چلیں! اس نے رضامندی ظاہر کی تو میں نے شکر کیا۔ وہ آہستہ آہستہ چلتی گیٹ سے نکل کر گاڑی میں بیٹھی اور ہم چل دیئے۔ میں گاڑی بہت احتیاط سے چلا رہا تھا۔ مختلف موڑ مڑتے ہوئے میں نے گاڑی وہاں روک دی جہاں کچھ عرصہ پہلے رات کو بیوی اور بچوں کے ہمراہ روکی تھی۔ سامنے وہی بنگلہ تھا مکینوں کا منتظر۔۔۔۔۔۔۔۔۔۔

تم یہاں بھی آچکی ہو! میں نے سٹیرنگ ویل پر کہنیاں ٹکا کر اسے دیکھا۔

جی آچکی ہوں! اس نے چند لمحے خاموش رہنے کے بعد کہا اور پھر کسی خیال میں کھو گئی۔

جانتی ہو یہ بنگلہ کس کا ہے۔ میں اس کی خاموشی توڑنے کے لئے پوچھا۔

نہیں، مجھے کیا معلوم ہے! اس نے میری طرف دیکھا تو اس کی نظریں مجھے اپنی آنکھوں میں پھیلتی محسوس ہوئیں۔

تمہارا ہے آؤ اندر سے دیکھیں! یہ کہتے ہوئے چابیوں کا گچھا اس کی ہتھیلی پر رکھ دیا اور گیٹ پر پہنچ گیا۔ اس نے کسی تعجب کا اظہار نہیں کیا تھا۔ کھولو، تالا کھولو، میں اس کے ساتھ کھڑا تھا۔ اس نے چابی گھمائی اور میں نے گیٹ کے دونوں دروازے کھول دیئے۔ اس نے بنگلے کا ہر کمرہ دیکھا لان دیکھے پھول کی کیاریاں دیکھیں اور پھر سرونٹ کوارٹر کے

دروازے پر جا کھڑی ہوئی۔ یہ کوارٹر بھی ہر سہولت سے مزین تھا۔ میں اس کا چہرہ تکتا رہا جس پر کسی تاثر کا شائبہ بھی نہیں تھا۔ میری خوشی زائل ہو گئی تھی۔ بنگلے کا صدر دروازہ بند کرتے ہوئے اس نے چابیاں مجھے تھمانا چاہیں مگر میں نے یہ کہہ کر انکار کر دیا کہ اب یہ تمہاری چیز ہے جسے چاہے دے دو۔۔۔۔۔۔۔

ایک بات کہوں! اس نے گاڑی کا دروازہ بند کرتے ہوئے کہا۔

ایک نہیں سو باتیں کہو، میں سنوں گا! میں نے ہمیشہ کی طرح فراخ دلی کا مظاہرہ کیا۔

یہ بنگلہ میرے چھوٹے بیٹے کا ہے۔ میں نے دیکھا اس کی آنکھیں یوں آنسوؤں سے بھر گئی تھیں جیسے کسی دریا میں اچانک طغیانی آجائے۔

اچھا، ٹھیک ہے اس نے اپنے زخم تو ہرے کر لئے تھے میرے گھاؤ بھی کرید ڈالے۔ میں اداس ہو گیا اور اسی اداسی میں میں نے گاڑی جلدی سے گھر کی طرف موڑ لی۔ میں جانتا تھا اس دریا پر کسی تسلی، کسی دلاسے کا بند کامیاب نہیں ہو گا۔ وہ ابھی پھوٹ پھوٹ کر رو دے گی۔ اس کی ہچکی بندھ جائے گی۔ اور بالآخر کھانسی کا دورہ اسے الگ اذیت سے دوچار کر دے گا۔ بڑی سڑک پر مڑتے ہی میں نے گاڑی کی رفتار بڑھا دی تھی۔ میں اسے بہر حال گھر پہنچانا چاہتا تھا لیکن تین چار کلومیٹر جانے کے بعد ایک زور دار دھماکہ ہوا۔ مجھے ہوش آیا تو ہسپتال کے سرجیکل وارڈ کے ایک بیڈ پر لیٹا تھا۔ سر اور بازوؤں پر پٹیاں بندھی تھیں لیکن بائیں ٹانگ کے گھٹنے سے پاؤں تک پلستر چڑھا تھا۔ میرے سامنے بیٹا اور بہو کھڑے تھے۔

تمہاری امی! میں نے دونوں کی طرف بار بار دیکھا، دونوں خاموش کھڑے رہے لیکن ان کا چہروں لپٹی سوگواری نے مجھ سے سچ کہہ دیا تھا۔ بہو کی آنکھوں سے آنسو نکلے تو

میری آنکھوں میں جیسے کسی نے تیزاب ڈال دیا۔ میرے سینے میں ٹیس اٹھی اور دونوں کے چہرے دھندلانے کے بعد غائب ہو گئے۔ پھر میری آنکھ کھلی تو رات کا جانے کون سا پہر تھا اور کوئی مریض شدت درد سے بلک رہا تھا، رات کی خاموشی میں اس کی کراہیں وارڈ کے ماحول کو بھیانک بنا رہی تھیں۔ میرا جی چاہا یہاں سے بھاگ نکلوں۔ یہ سوچتے ہی میرے سارے جسم سے درد ابھر آئے۔ بیوی کا خیال آیا تو جیسے سورج ٹوٹ پھوٹ کر بکھر گیا ہو اور دھرتی کے سینے پر دائمی اندھیرے نے اپنا پاؤں رکھ دیا ہو۔ میں نے سرجیکل وارڈ میں مسلسل تین اذیت ناک ماہ گزارے۔ اس دوران بیٹا اور بہو میری تیمار داری کے لئے آتے رہے۔ تین ماہ بعد ڈاکٹر نے پلستر اتارا تو میری آدھی ٹانگ بے جان ہو چکی تھی۔ میں آہ بھر کر رہ گیا تھا، ایک بیساکھی میرے جسم کا حصہ ہو کر رہ گئی تھی۔ آخری بار بیٹا مجھے ہسپتال سے گھر منتقل کرنے آیا تو بہو اس کے ساتھ نہیں تھی، میرا دل دہل کر رہ گیا۔

بہو کہاں ہے! میں نے بیٹے سے پوچھا! میری بے قراری میں اضافہ ہو رہا تھا۔

وہ گھر پر ہے۔ اس نے بتایا تو میری جان میں جان آئی۔

چلیں! بیٹے نے مجھے بازو سے پکڑ کر اٹھایا اور وارڈ کی سیڑھیوں تک لے گیا۔ بیساکھی کے سہارے چلنے کا مجھے تجربہ نہیں تھا بلکہ دونوں صحیح سلامت پاؤں پر چلنے کا عادی تھا، دو تین بار گرتے گرتے مجھے بیٹے نے سنبھالا۔ بڑی مشکل سے چار سیڑھیاں اترا۔ باہر بیٹے کی گاڑی کھڑی تھی جس سے میں گھر پہنچا تھا۔

ابو اچھا ہوا آپ گھر آ گئے۔ جانے کیوں مجھے بہو کا چہرہ دو حصوں میں تقسیم نظر آیا۔ آدھے چہرے پر ملال تھا، سوگواری تھی اور آدھا چہرہ کسی آسودگی کی گواہی دے رہا تھا۔ میں نے دایاں اس کے سر پر پھیرا لیکن بائیں سے بیساکھی کو مضبوطی سے تھامے رکھا۔

مجھے اپنا سراپا عجیب اور کمتر لگ رہا تھا۔ بیٹا مجھے اپنے کمرے میں لے جانے لگا لیکن میرے انکار و اصرار پر وہ مجھے میرے کمرے میں لے گیا۔ کمرے میں ایک اداسی آلتی پالتی مارے بیٹھے تھی، مجھ میں جذب ہو گئی۔ بہو جاچ لے آئی اور بیٹا چائے پینے کے بعد فیکٹری واپس چلا گیا۔ میں اکیلا ہوا تو سب سے پہلے اپنی بیوی سے مخاطب ہوا۔

تم کہاں ہو۔ مجھے نظر کیوں نہیں آتیں۔ میرا حال بھی نہیں پوچھتی ہو، دیکھو میں معذور ہو گیا ہوں، تم تو میراانتظار کیا کرتی تھی، میں تین ماہ بعد گھر آیا ہوں تم میری جدائی میں بے قرار نہیں وہئی۔ ضرور ہوئی ہو گی لیکن سب سے زیادہ بیٹے کی جدائی نے تمہیں پاگل کیا ہوا ہے۔ ابھی تو نئے بنگلے میں جا کر رہنا ہے۔ میں بھی تمہارے ساتھ جاؤں گا اور دونوں وہاں اپنے چھوٹے بیٹے کا انتظار کریں گے، وہ ایک دن اچانک آ جائے گا۔ تم نے کیوں روگ لگا لیا ہے۔ میں گھر ہوتا ہوں تو تمہیں کھانے سے زیادہ میری چائے کی فکر ہوتی ہے۔ آج گھر آئے مجھے دو گھنٹے سے زیادہ بیت گئے تم چائے لے کر نہیں آئی۔ تم نے کہا تھا اولاد جوان ہو جائے تو والدین کو بوڑھا ہو جانا چاہئے۔ میں نے تمہاری بات مان لی تھی۔ بڑے بیٹے نے شادی کی میں خاموش رہا۔ بوڑھا ہو گیا تھا۔ چائے۔۔۔۔۔۔۔ اچھا کوئی بات نہیں تم تھک گئی ہو گی۔ میرا گلا رندھ گیا تھا۔ اور پھر یک دم میری نظر پاس میں رکھی بیساکھی پر پڑی۔ میں ہچکیاں لے کر رو دیا۔ میرے لئے معذور زندگی کا تصور بھی جان لیوا تھا۔

ابو آنکھیں بند کریں میں آپ کو ایک چیز دکھاتی ہوں میں نے دیکھا دروازے میں بہو کھڑی تھی۔ میں نے فوراً آنسو خشک کر کے آنکھیں بند کر لیں۔ بہو کے قدموں کی چاپ مجھے قریب آتی سنائی دے رہی تھی۔

آنکھیں کھول دیں اس نے میری گود میں ایک پوٹلی رکھ دی۔

میں نے دیکھا ایک معصوم انسان میری گود میں بے خبر سو رہا تھا جسے اتنا بھی معلوم نہیں تھا کہ وہ کسی اپنے کے پاس ہے یا دشمن کے۔۔۔۔۔۔۔۔ میں نے اپنے ہونٹ اس کے روئی جیسے گالوں پر رکھ دیئے تھے۔ مجھے اپنے سرمائے پر پہلی دفع منافع ملا تھا۔ اس لئے مجھ پر سرشاری سی طاری ہونے لگی تھی۔ میں دادا بن چکا تھا۔ پھر وہ معصوم رو پڑا تھا۔ اسے رونا بھی نہیں آتا تھا میں اس کی زبان نہیں سمجھ سکا تھا۔ ممتا بے قرار ہو اٹھی تھی۔

اب اس کو بھوک لگی ہے۔ بہو نے ہاتھ آگئے کیے تو میں نے وہ فرشتہ اس کے ہاتھوں پر رکھ دیا۔ میں سوچنے لگا ماں اپنے بچے کی کتنی زبانیں جانتی ہے۔ بھوک کی الگ، کھیلنے کی الگ، پیاس کی الگ، سونے کی الگ اور ماں سے پیار کی طلب کرنے کی الگ۔ معاً میرا خیال اپنی بیوی کی طرف چلا گیا۔ وہ ماں تھی اور اپنے بیٹے کے لئے سچی تڑپتی تھی اور اب وہ ساری تڑپ اور انتظار میرے سینے میں اتار کر خود میٹھی نیند سو گئی تھی۔ زندگی کی شاہراہ پر اب مجھے قدم قدم پر دوراہوں کا سامنا تھا، کوئی راستہ بھی ہموار اور پر سکون نہیں تھا۔ میں کتنی بار بستر سے بے خیالی میں اٹھتے ہوئے گر چکا تھا۔ ہمیشہ دونوں پاؤں پر چلنے والا انسان اتنی جلدی بیساکھی کا عادی کیسے ہو سکتا ہے۔ ہر وقت بہو کو پکارنا بھی مجھے اچھا نہیں لگتا تھا۔ کہ اب اس کا زیادہ وقت اپنے بچے کے ساتھ گزرتا تھا اس نے میری خدمت میں کوئی کسر نہیں چھوڑی تھی۔

ابو کا خیال رکھنا! بیٹے نے گھر سے جاتے ہوئے اپنی بیوی کو حسب معمول تاکید کی۔

میں نرس نہیں ہوں! اگرچہ بہو نے آہستہ سے کہا لیکن میں نے سن لیا تھا۔ مجھے یوں لگا جیسے کھڑے کھڑے مجھ سے کسی نے بیساکھی چھین لو ہو اور میں دھڑام سے فرش پر گر گیا ہوں۔ میری سماعت ایسے الفاظ سننے کے لئے قطعاً آمادہ نہیں تھی۔ مجھے اپنی معذوری کا شدت سے احساس ہوا میں نے اپنے آپ کو بہت سمجھایا، بہلایا کہ بہو کے منہ سے بے

خیالی میں یہ بات نکل گئی ہو گی لیکن ہر انسان کے اندر ایک انسان ہوتا ہے۔ جو سچ جھوٹ اور کھرے کھوٹے کی پرکھ رکھتا ہے۔ میرے اندر کے انسان نے جھوٹی تسلی اور بہانوں کو رد کر دیا تھا۔ مجھے ایسا لگا جیسے میں کسی پرائے کے گھر میں بیٹھا ہوں۔ مجھے شدت سے اپنی بیوی کی یاد آئی جو نہ ہوتے ہوئے بھی میرے لئے نرس ہوتی، وہ مجھے ٹوٹے بازو کی طرح اپنے گلے میں لٹکائی رکھتی۔

میں رات کو بیٹے کے آنے تک کسی فیصلے پر پہنچنا چاہتا تھا لیکن آج کل جو انہونی ہو رہی تھی وہ بیٹے کی ہفتے میں مجھ سے دو دن ملاقات تھی، بالکل ایسے، جیسے کوئی ہسپتال میں کسی تیمار داری کے لئے جائے اور جتنی دیر وہاں بیٹھے مریض کو تسلیاں اور دلاسے دیتا رہے۔ اسی ادھیڑ بن میں دوپہر ہوئی تو بہو کھانا لے آئی۔

کھانا واپس لے جاؤ بہو، مجھے بھوک نہیں ہے میں نے اپنے لہجے میں درشتی اور ناراضگی شامل نہیں کی تھی، میں یہ بھی سوچ رہا تھا کہ بہو کی بات بیٹے سے کہہ دوں یا نہیں۔ اس خیال سے پیچھا چھڑانے کے لئے میں نے پڑھا ہوا اخبار پھر سامنے رکھ لیا تھا۔ لیکن کہاں، جب کوئی خیال ذہن میں داخل ہوتا ہے تو وہ اپنا حل چاہتا ہے ورنہ بے چین رکھتا ہے۔ بہو نے شاید میری بات غور سے نہیں سنی تھی اس لئے کھانا میرے سامنے رکھ کر لوٹ گئی تھی۔ بیمار اور معذور آدمی شاید زیادہ حساس ہو جاتا ہے اس لئے ہر بات میں منفی پہلو تلاش کرنے لگتا ہے۔ مجھے بھی محسوس ہونے لگا کہ میں نے دو دن سے پوتے کا چہرہ نہیں دیکھا تھا اور پھر جس کمرے میں میں اپنی معذوری کے شب و روز گزار رہا تھا اس کی ہر چیز پر مجھے دھول دکھائی دینے لگی تھی۔ بہو نے مجھ سے یہ پوچھنا بھی گوارا نہیں کیا کہ مجھے بھوک کیوں نہیں ہے۔ میں اپنے کس کس زخم پر تسلیوں کا مرہم لگاتا۔ بہت سوچ بچار کے بعد میں نے حتمی فیصلہ اپنے دل میں محفوظ کر لیا تھا اور اب بیٹے کا منتظر تھا۔

باہر گاڑی کی آواز آئی تو انتظار کی کمر ٹوٹی۔ مجھے یقین تھا بیٹا سیدھا میرے پاس آئے گا لیکن بیٹے نے وقت میرے یقین کے منہ پر تھوک دیا جب اس کے قدموں کی چاپ میرے کمرے سے دور ہوتی گئی۔ میرا جی چاہا یہاں سے بھاگ جاؤں مگر ایک پاؤں سے کیسے بھاگتا۔ شرمندگی سے میرے چہرے پر راکھ اڑنے لگی تھی، مجھے یوں لگا جیسے میرا کمرہ جالوں سے بھر گیا ہو، کرسیوں کے بازو اور کھڑکیوں کے شیشے ٹوٹے ہوئے دکھائی دینے لگے تھے۔ کمرے میں جیسے خاک اڑنے لگی تھی۔ گریبان کے ایک بٹن کو ٹوٹے دس دن گزر چکے تھے۔ ہمیشہ میرے بٹن ٹانکنے والی مجھے بہو کے رحم و کرم پر چھوڑ گئی تھی۔

ایک گھنٹے بعد میں نے اپنے کمرے کے بار کھسر پھسر سنی اور پھر اسی لمحے میرا بیٹا اور بہو اندر داخل ہو کر میرے سامنے پڑی کرسیوں پر بیٹھ گئے۔ پوتا بہو کی گود میں بیٹھا مجھے ایک ٹک سے دیکھ رہا تھا شاید پہچاننے کی کوشش کر رہا تھا کہ میں اس کے باپ کا باپ ہوں۔ اس کی گول مٹول آنکھیں، معصوم چہرہ اور ننھے ننھے ہاتھ پاؤں میرا دھیان نہیں بٹنے دے رہے تھے۔ ابو میں آپ سے ایک ضروری بات کرنا چاہتا ہوں۔ بیٹا میری طبیعت دریافت کرنے نہیں، ضروری بات کرنے آیا تھا۔

کرو! میں نے آہستہ سے کہا لیکن میری نظریں پوتے کے چہرے پر اٹکی ہوئی تھیں۔

میں منیجر کے عہدے سے ترقی پا کر اسسٹنٹ ڈائریکٹر بن گیا ہوں اور فیکٹری نے مجھے فرنشڈ گھر دیا ہے، اب میں چاہتا ہوں کہ اس کرائے کے گھر کو چھوڑ دوں۔

مجھے تمہاری ترقی اور نئے گھر کی خوشی ہوئی ہے میری نظریں ایک سفر کر کے بیٹے کے چہرے تک پہنچی تھیں۔ میں نے دیکھا بلکہ محسوس کیا کہ اس کے ہونٹ اس کے علاوہ بھی کوئی بات کہنا چاہتے ہیں۔

بس یہی بات تھی یا اور بھی کچھ۔ میں نے چشمہ اتار کر شیشے صاف کرتے ہوئے اور

پھر ناک پر رکھا۔

وہ بات بھی کریں ناں! بہو نے بیٹے کو ٹھوکا لگایا۔

ابو، چھوٹا بھائی تو جانے کہاں گیا اور کیا معلوم کب آئے گا، امی بھی نہیں ہیں، آپ میرے ساتھ فیکٹری والے گھر میں رہنے کا ارادہ رکھتے ہیں! میرے بیٹے نے وہ بات بھی کہہ دی جو بہو نے اسے یاد دلائی تھی۔

نہیں! میں نے چند لمحوں کے توقف میں بہت کچھ سوچنے کے بعد جواب دیا تو دونوں کے چہرے پر سکون ہو گئے لیکن میرا پوتا آنکھیں جھپکے بغیر مجھے تکتا رہا گویا کہہ رہا ہو، نہیں دادا ہمارے ساتھ جائیں گے۔

اچھا، جیسے آپ چاہیں میں پرسوں شفٹ ہو جاؤں گا لیکن جانے سے پہلے ضرورت کی تمام چیزیں آپ کے کمرے میں رکھ دیں گے اور آپ کو مزید کسی چیز کی ضرورت ہو تو مجھے بتا دیں میں کل لیتا آؤں گا۔ بیٹا مجھ پر احسان کرنے چلا تھا۔

مجھے کسی چیز کی ضرورت نہیں تم کچھ مت لانا! میرے منہ سے نکلا تو بہو کا چہرہ مزید آسودہ ہو گیا۔ میں جانتا تھا وہ میرے لئے اور کچھ لائے یا نہ لائے تنہائی ضرور لائے گا جو ہر صورت میں مجھے کاٹنا ہو گی۔ تنہائی میں خیالوں کی سوئیاں جسم و جاں میں چھید کر دیتی ہیں۔ بیٹے کی پرسوں یوں آئی جیسے دروازے کے ساتھ لگی کھڑی تھی۔ بیٹا اپنے گھر چلا گیا تو اس گھر میں خاموشی کا عفریت مجھے ڈرانے چلا آیا۔ تنہائی کی پہلی رات بہت کٹھن تھی میں نے اپنی بیوی سے جی بھر کے باتیں کیں، اور کس سے کرتا۔ مجھے چائے کی شدید طلب ہوئی، میں نے زندہ اور مردہ پاؤں نیچے لٹکائی، بیساکھی پر ہاتھ رکھا، آج پہلی بار مجھے اپنی وقت بے وقت چائے پینے کی عادت اچھی نہیں لگی تھی۔ میں نے بیساکھی بغل میں دبائی اور ٹھک ٹھک فرش پر ٹیکتا ہوا کچن تک پہنچا۔ ایک کپ چائے بنائی اور وہیں پی لی، کمرے میں کیسے

لاتا۔ چائے پیتے ہی فوراً جو خیال میرے ذہن میں اترا وہ یہ تھا کہ سب اس گھر سے چلے گئے ، مجھے بھی جانا چاہئے اور پھر چند دن بعد میں بنگلے کے سرونٹ کوارٹر میں منتقل ہو گیا۔ میری بیوی کی خواہش کے مطابق یہ بنگلہ میرے چھوٹے بیٹے کا تھا۔ پورے بنگلے جتنی سہولیات اس کوارٹر میں شاید اس لئے مہیا کی گئی تھیں کہ شاید مجھے اس میں ایک دن آکر رہنا تھا۔ تنہائی کا پہاڑ یہاں بھی میرے سر ٹکرانے کو موجود تھا۔ میں ہر شام بنگلے کی کیاریوں میں لگے پودوں کو پانی دیتا ہوں اور چند لمحے اپنی بنجر و ویران آنکھوں سے اس بنگلے کے در و دیوار تکنے کے بعد واپس کوارٹر میں آجاتا ہوں۔ اب میں تنہائی سے مانوس ہو گیا ہوں۔ ہا کر اخبار دے کر جا چکا ہے۔ میرے ہاتھ میں اخبار دیکھتے ہی مجھ سے لپٹی تنہائی تھوڑی دیر کے لئے سامنے کرسی پہ جا بیٹھی ہے۔

***

سفید آنچل

میں اقبال کی زندگی میں آئی یا وہ میرے زندگی میں داخل ہوا۔ اس کا تعین میں نہیں کرنا چاہتی البتہ یہ کہنے میں کوئی حرج نہیں کہ دونوں ایک دوسرے کے قریب ہوئے اور پھر ایک ہوگئے۔ اقبال کا رنگ صاف اور نقوش اچھے تھے اور میں سانولی رنگت کے ساتھ قبول صورت تھی۔ اس کا خاندانی پس منظر بھی کوئی خاص نہ تھا اور میں تو تھی ہی بیوہ ماں کی اکلوتی بیٹی، جانے ماں نے میرے متعلق کتنے سہانے خواب دیکھے ہوں گے لیکن میں جو محبت کی چکنی مٹی سے پھسلی تو ماں کے خوابوں کے مقبرے بنا کر اقبال کی انگلی تھام لی۔

میرے اس فعل پر پچھتانے کی بہت ساری گنجائش موجود تھی لیکن میں نے کسی ایسے خیال کو اپنے ذہن میں آنے کی اجازت ہی نہیں دی۔ میں نے زندگی میں پہلا مرد اقبال دیکھا اور پھر موت تک اسی کی دہلیز پر بیٹھنے کی ٹھان لی، لیکن ضروری تو نہیں ہوتا کہ ہر ارادے کی اٹلتا قائم رہے۔ اقبال سرکاری ملازم تھا، شہر شہر گھومتا رہا، میں بھی اس کے ساتھ رہی۔ شادی کے پانچ سال بعد تک ہماری ازدواجی زندگی کے شجر پر کوئی نئی کونپل نہیں پھوٹی تھی۔ اس میں قصوروار کون تھا۔۔۔ اقبال۔۔۔ نہیں، میں ہاں شاید میں بھی نہیں، یہ معمہ ہی رہے تو اچھا ہے۔ میں اگرچہ اقبال کے ساتھ امیرانہ ٹھاٹھ کی زندگی نہیں گزار رہی تھی تاہم جو گزر رہی تھی میں اس سے مطمئن تھی۔ اب جس شہر میں اقبال کی تبدیلی ہوئی تھی میں پہلے بھی ایک سال یہاں رہ چکی تھی۔ اس نے پرانے محل

میں مکان کیا تھا جہاں کی ساری عورتوں سے میری جان پہچان تھی۔ ان میں وہ بڑی اماں شامل تھی جو ہر روز اپنی بہو سے بھاگ کر میرے پاس گھنٹہ بھر آکر بیٹھتی تھی۔ ایک گھنٹہ وہ اپنی بہو کی برائیاں کرنے کے بعد مجھ سے یہ ضرور پوچھتی تھی تمہارے بچے کیوں نہیں، میری بہو کو دیکھ، شادی کو چھ سال ہوئے پانچ بچوں کی ماں بن چکی ہے۔ اب پھر ساتواں مہینہ لگا ہوا ہے۔ توبہ عورت ہے کہ بچوں کی مشین۔۔۔۔ اس کی ان باتوں سے میرے اندر ماں بننے کی خواہش زور پکڑتی گئی۔ اقبال لوگ باتیں کرنے لگے ہیں! ایک صبح میں نے موقع پا کر اپنا دکھڑا کہا اور بات اتنی پڑھی کہ ایک، دو تین پر آکر دم توڑ گئی۔ ایک لمحے کے ہزارویں حصے میں ایک پگڈنڈی پر ایک سمت کو چلنے والوں کے رستے ہمیشہ کے لیے جدا ہو گئے۔ میرا محرم ایک پل میں نا محرم ہو گیا تھا۔ میں نے اپنے سینے پر دو ہتڑ نہیں مارے، اس کو بد دعائیں نہیں دیں بلکہ خاموش ہو رہی۔ وہ بھی چپ کر گیا تھا۔ چند لمحے یوں ہی بیت گئے۔ مجھے شدید پیاس لگی اور میں پانی لینے چلی گئی۔ میں نے پانی کا کٹورا بھرا لیکن اچانک یہ خیال آیا کہ اس گھر کی ہر چیز مجھ پر حرام ہو چکی ہے۔ کٹورا وہیں رکھ دیا۔

پانی مجھے بھی دینا نسرین! اس نے یوں کہا جیسے چند منٹ پہلے کوئی حادثہ ہوا ہی نہیں۔ میں نے اس کی بات سن کر بھی نہیں سنی تھی۔ لگتا تھا اس کے غیض کا دریا اتر گیا تھا اور اب وہ معمول کی سانسیں لینے لگا تھا۔ اب مجھے یہاں مزید نہیں رکنا چاہئیے، یہ سوچ کر میں دوسرے کمرے میں گئی بکس کھولا اپنے کپڑوں کا ایک جوڑا نکال کر باہر نکلنے والے دروازے کی طرف چل دی۔

میں نے تمہیں کچھ کہا تھا سینو! وہ میرے راستے میں آکھڑا ہوا۔ مجھے تم سے اور تمہیں مجھ سے بات کرنے کا کوئی حق نہیں کہ اب ہم نامحرم ہو چکے ہیں، تم مجھے طلاق

دے چکے ہو! میں نے اپنا چہرہ چادر سے ڈھانپتے ہوئے نگاہیں جھکا لی تھیں۔

وہ تو میں نے غصے میں ایسا کہہ دیا تھا! اس کے ہونٹوں پر مسکراہٹ مجھے منانے کی چغلی کھا رہی تھی۔ طلاق ہمیشہ غصے میں ہی ہوتی ہے، تم میرے راستے سے ہٹتے ہو یا میں شور مچا کر گلی کے لوگ اکٹھے کرلوں! جیسے میرے اندر کی عورت بپھر رہی تھی۔

نسرین! یہ ہماری اپنی باتیں ہیں، ہم دونوں کے علاوہ اس حادثے کا کوئی گواہ نہیں، واپس چلو ہم ایک اچھی زندگی کا آغاز کریں گے۔ یہ باتیں نہیں طلاق کا معاملہ ہے، اس کا گواہ وہ ہے جو ہماری شہ رگوں سے زیادہ قریب ہے، کیا یہ گواہی کافی نہیں، ہٹو! میرے دماغ کی نسیں جیسے پھٹ چلیں تھیں۔

نسرین تمھیں میرے پیار کا واسطہ ہے، میں اکیلا ہو جاؤں گا، پاگل ہو جاؤں گا۔ نسرین میں مر جاؤں گا! وہ میرے سامنے ہاتھ جوڑ کر منتیں کرنے لگا۔

تمہارے مرنے سے میں بیوہ نہیں ہو جاؤں گی! میں دانستہ اس کے زخموں پر نمک پاشی کر رہی تھی۔

یہ کیا کہہ رہی ہو نسرین، تمھیں مجھ پر ترس بھی نہیں آتا، اور پھر تمہارا اس دنیا میں ہے کون، کہاں جاؤ گی؟ مجھ پر رحم کرو سینو! اس کا لہجہ التجائیہ ہو رہا تھا۔

رب کی زمیں میرے لیے اور بھی وسیع ہو گئی ہے، میں آزاد ہوں، کسی کی بہن بن جاؤں گی، کوئی بیٹی بنا لے گا۔ اس سے قبل کہ اس کا پیار اور میرے محبت پھر گلے مل کر مجھے گناہ آلودہ زندگی گزارنے پر مجبور کر دیتی، میں اس کے جڑے ہوئے ہاتھوں کو نظر انداز کرتے ہوئے دروازے سے باہر آ گئ میں تیز تیز قدم اٹھاتی گلی کے نکڑ پر آ گئ تھی۔ میں نے چند لمحوں کے لیے یہ سوچا کہ مجھے کہاں جانا چاہیئے، میرے پاس تو کرائے کے لیے

پیسے بھی نہیں تھے اور یوں بھی میں کہیں اور جا کر کیا کرتی۔ میں جوان بھی تھی، قبول صورت بھی لیکن شاید میری آنکھیں خوبصورت تھیں اسی لیے وہ (اقبال) اکثر کہتا تھا،

سینو میں تمہاری آنکھوں میں ڈوبا رہتا ہوں تم سراپا نشہ ہو اور گھر گرہستن ہونے کے باوجود۔۔۔۔۔۔

میرے قدم بڑی اماں کے گھر کی طرف اٹھ گئے۔ میں ابھی چند قدم ہی چلی تھی کہ بڑی اماں کو آتے دیکھ لیا اور وہیں رک گئی۔

کہاں جا رہی ہو! اس نے میرے قریب پہنچتے ہی سوال کیا۔

تمہارے گھر بڑی اماں! میں نے کہا۔

آؤ آج تو کوئی اچھا دن ہے تم گھر سے نکلی ہو، آج میرے گھر میں بھی سکون ہے بلکہ یہ سکون چار پانچ دن رہے گا کہ بہو بچوں کو لے کر میکے گئی ہوئی ہے۔ بیٹا رات کو ڈیوٹی سے واپس آتا ہے! وہ میرے ساتھ واپس چل پڑی۔

صاف ستھرا گھر خاتون خانہ کی فطرت کا عکاس ہوتا ہے۔ بڑی اماں کا گھر بھی شفاف تھا۔ ہم ایک کمرے میں بیٹھ گئے اور باتیں کرنے لگے۔ زیادہ باتیں بڑی اماں کر رہی تھیں لیکن میرے اندر چلنے والی آندھیوں کا شور مجھے اس کی ساری باتیں کہاں سننے دیتا تھا۔ یہ تمہارے ہاتھ میں کیا ہے! اور آج تیرا چہرہ کیوں اترا ہوا ہے! اس نے شاید اب میری طرف غور سے دیکھا تھا۔ کپڑوں کا ایک جوڑا ہے! میں پرے دیکھنے لگی۔

لگتا ہے گھر والے سے لڑ کر آ رہی ہو! وہ جہاندیدہ تھی بھانپ گئی۔

اب تو سب لڑائیاں ختم ہو گئی اماں! میں نے بہت دیر ریت کی دیوار کو سہارا دیے رکھا مگر خود ہی اپنے شانے پر سر رکھ کر رو دی۔ کیا مطلب؟ تم مجھے پریشان دکھائی دے

رہی ہو۔ خاوند بیوی میں لڑائی تو ہتی رہتی ہے اور یہی پیار کی نشانی ہے۔ لیکن تم شاید پہلی پہلی بار لڑی ہو گی اس لیے تم سے برداشت نہیں ہو رہا تم دیکھنا شام کو وہ خود تمہیں لینے آ جائے گا پر میں تمہیں ایسے کہا جانے دوں گی۔ وہ تمہاری منتیں کرے گا، منائے گا، پھر بھی میں اس سے جھگڑا نہ کرنے کی قسم لے کر تمہیں اس کے ساتھ بھیجوں گی۔ پگلی پریشان کیوں ہوتی ہو! بڑی اماں کی باتیں میرے کلیجے میں کیلیں گاڑ رہی تھیں اور میں سوچ رہی تھی کہ اس گھر میں مجھے شام تک رہنا ہو گا اور پھر جانے کس گھر کی دہلیز پر۔۔۔۔۔۔۔۔۔

وہ نہیں آئے گا اماں! میری نظریں مسلسل گود میں رکھے کپڑوں کے جوڑے پر ٹکی ہوئی تھیں۔ کیوں نہیں آئے گا! اماں کے چہرے سے حیرت ٹپکنے لگی تھی۔

اس نے۔۔۔۔۔۔۔۔۔ مجھے طلاق دے دی ہے! پتہ نہیں میں نے کیسے کہہ دیا۔

شالا ککھ نہ رہوے اوہدا!! اماں کے منہ سے بے ساختہ نکلا اور اس نے مجھے اپنے سینے سے لگا لیا۔ مجھے اپنی ماں بہت یاد آئی۔ میں جی بھر کے روئی۔ چڑھا ہوا دریا اتر جائے پھر بھی خشک تو نہیں ہو جاتا۔ تھوڑی دیر بعد آنکھیں بھر آتیں۔ اس کے ساتھ گزارے پانچ سال ایک لمحے کے پیچھے کیسے چھپ جاتے۔ کاش اسے بگڑتے دیکھ کر خاموش ہو جاتی۔ میرا بیوی کا رشتہ کیا تین تک گنتی کا مرہون ہے، کیا ساری محبتوں، ساری الفتوں پر تین کا خنجر چل جاتا ہے، سارے رستے جدا ہو جاتے ہیں۔ چل تو لیٹ جا، میں کھانا بناتی ہوں! دن کا ڈیڑھ بج چکا تھا۔ شاید بڑی اماں کو بھوک لگ رہی تھی۔

اماں کمرے سے گئی تو میں اکیلی رہ گئی۔ میرا جی چاہا دوڑ کر اپنے گھر چلی جاؤں، وہ مجھے دیکھ کر کتنا خوش ہو گا۔ میں اس کے سامنے کھڑی ہو کر کہوں گی اقبال میں نے تمہاری بات مان لی میں واپس آگئی ہوں تمہارے اور میرے بغیر کسی کو اس بات کا علم نہیں تم

بہت اچھی ہو سینو! مجھے یقین ہے وہ ایسا ہی کہے گا۔ لیکن میرے اندر ایک نسوانی چیخ ابھری اور میری تمام سوچیں اس میں دب کر رہ گئیں۔

تھوڑی دیر میں اماں کھانا لے آئی اور مجھے کھانے کے لیے کہا۔ مجھے بھوک نہیں ہے تم کھالو اماں! میرے گلے میں جیسے کوئی پھانس سی اٹکی ہوئی تھی۔ وقت کسی کی خوشی میں سست رفتار اور غم میں سرعت پسند نہیں ہوتا۔ وہ تو مٹھی کی ریت ہے، ذرہ ذرہ گرتے گزر جاتا ہے۔ سورج قریب الغروب ہوا تو مجھے ستانے کے لیے جس خیال نے سر اٹھایا وہ یہ تھا کہ بڑی اماں کا بیٹا جانے کس مزاج کا ہوگا۔ ممکن ہے وہ میری طلاق کی بات سنتے ہی مجھے گھر سے نکال دے، پھر میں کہاں جاؤں گی؟ لیکن یہ بھی ممکن ہے کہ وہ بھائی بن کر میرے سر پر ہاتھ رکھ دے۔ اماں میرے پاس خاموش بیٹھی کسی گہری سوچ میں پڑی تھیں۔ گلی کا دروازہ کھلنے کی آواز آئی اور پھر قدموں کی چاپ اس طرف بڑھنے لگی۔ اوہو! بڑا اماں کے بیٹے نے کمرے میں قدم رکھا اور مجھے دیکھتے ہی جھجھک کر باہر نکل گیا۔

آؤ نور محمد آجاؤ! اماں نے اسے اندر بلا لیا۔ میں نے اپنے ڈھانپے ہوئے سر کو مزید ڈھانپ لیا تھا۔

وہ آیا میں نے دیکھا کہ اس نے دونوں ہاتھ اماں کے گھٹنوں پر رکھ دیے۔ اماں نے اس کے ماتھے پر ایسا بوسہ دیا جو ممتا کے ماتھے کا جھومر ہوتا ہے۔ نور محمد مناسب قد کا تھا جس کے سر کے بال سیاہ کالے اور گھنگھریالے تھے، کھلا ہوا چہرا جس پر داڑھی اچھی لگ رہی تھی۔

چھاتی چوڑی اور بدن گوشت سے بھرا ہوا تھا۔ ماں کے ساتھ اس کی عقیدت اور احترام دیکھ کر میں نے اپنے منفی سوچوں کا گلا گھونٹ دیا۔

یہاں بیٹھو! اماں نے قریب پڑی چارپائی کی طرف اشارا کیا۔

یہ نسرین ہے بے چاری مصیبت ماری، تم اسے بہن سمجھو! اماں نے نور محمد سے کہا اور پھر میری ساری داستان سنا دی۔ میں نظریں جھکائے چپ چاپ بیٹھی رہی۔

نظریں اوپر اٹھاؤ نسریں ماں نے تمہیں میری بہن بنا دیا ہے اور میں نے بنا بھی لیا ہے۔ تم یقیناً عمر میں مجھ سے چھوٹی ہو اور اگر میں تمہارا نام لے کر پکاروں تو محسوس نہ کرنا۔ اس گھر کو اپنا گھر سمجھو تین چار دن میں میرے بیوی بچے آجائیں گے جن تک تم کو یہ گھر سنبھالنا ہو گا تم پریشان نہ ہو اللہ بھلی کرے گا! نور محمد کی ان باتوں سے میرے زخموں کے منہ تو کھلے رہے لیکن کون رسنا بند ہو گیا تھا۔ چند دن بعد بڑی اماں کی بہو اور بچے آگئے۔ وہ مجھے یوں ملے جیسے مدت سے جانتے ہوں۔ نور محمد کی بیوی زلیخا مجھے گلے لگ کر ملی تھی۔ بچے مجھ سے اتنے مانوس ہو گئے تھے کہ سکول سے واپس آتے ہی میرے پاس چلے آتے۔

بھابھی مجھے یہاں آئی چار ماہ ہو چکے ہیں آپ نے مجھ سے یہ نہیں پوچھا کہ میں کون ہوں کہاں سے آئی ہوں اور یہاں کیوں ٹھہری ہوں! ایک دن میں نے زلیخا سے پوچھ لیا۔ میرے لیے اتنا ہی کافی ہے کہ تن نور محمد کی بہن ہو! زلیخا نے مختصر مگر حوصلہ افزا بات کی تھی۔

اب تو وحید بھی چھٹی آنے والا ہو گا۔ کھانا کھانے کے بعد دانتوں میں خلال کرتے ہوئے نور محمد نے اماں کی طرف دیکھا۔

کون وحید بیٹا! اماں جیسے کسی سوچ میں پڑ گئی۔

وہی ماسٹر اکرام کا بیٹا جس کی بیوی پچھلے سال چھت سے گر کر۔۔۔۔۔۔ بہت اچھا

لڑکا ہے اور میرا دوست بھی۔۔۔۔۔۔۔ایک نیم سرکاری ادارے میں کسی اچھے عہدہ پر فائز ہے !نور محمد نے اماں کو یاد دلایا۔

میں کھانے کے برتن اٹھا کر باورچی خانے میں آ گئ تھی لیکن آتے ہوئے میں نے زلیخا کے ہونٹوں پر ہلکی سی مسکراہٹ دیکھ لی تھی۔ہاں ہاں!! جیسے اماں کو سب کچھ یاد آ گیا اور پھر بات ختم ہو گئ جیسے ہر بات کبھی نہ کبھی ختم ہو جاتی ہے۔میرے من میں ان دیکے ہاتھ چٹکیاں بھرنے لگے تھے۔

وقت کے مرہم سے میرے زخموں پر پپڑی جمتی گئ۔چند دن ہی گزرے تھے کہ وحید کے والدین مجھے دیکھنے آ گئ۔انھوں نے مجھے پسند کیا اور پھر ایک دن انتہائی سادگی کے ساتھ میرا نکاح وحید کے ساتھ کر کے مجھے رخصت کر دیا گیا۔نور محمد نے حسب تو مجھے سامان بھی دیا اور بھائی ہونے کا حق ادا کر دیا۔اب یہ گھر میرا میکہ تھا۔وحید کو سمجھنے میں مجھے چند دن لگے اور پھر زندگی کی جھیل جیسے پر سکون ہو گئ۔پیا کا ایک لامتناہی سلسلہ شروع ہو گیا۔وحید کا گھرانہ اس کے والدین، دو جوان بہنوں اہر ایک چھوٹے بھائی پر مشتمل تھ۔ان تمام لوگوں نے میرے ماضی کو کبھی نہیں کریدا۔ حسین اتفاقات کا سلسلہ اس طرح چل نکلا کہ اس گھر میں میری آمد کو نیک شگون قرار دیا جانے لگا۔وحید کی ایک بہن کا کسی اچھی جگہ رشتہ طے ہو گیا تھا۔اور وحید کی ایک سال سے بیرون ملک جانے کی خواہش بھی پوری ہو گئ تھی۔وہ مجھے بھی ساتھ لے گیا تھا۔میرے بیٹے نے وہیں جنم لیا تھا۔ایک سال بعد ہم واپس وطن آئے تو دو کے تین ہو چکے تھے۔باہر سے سسرال والوں کے لیے جہاں میں نے بہت ساری چیزیں لی تھیں وہاں بڑی اماں سے لے کر بچیوں کے لیے بھی خریداری کی تھی۔سسرال میں چند دن رہنے کے بعد میں اجازت لے کر

میکے آ گئی۔ سب لوگ مجھے اچانک دیکھ کر بہت خوش ہوئے۔ میں بڑی اماں ایسے ملی جیسے نور محمد ملا تھا۔ اماں نے مجھے ڈھیر ساری دعائیں دیں۔ بھابھی یوں گلے لگ کر ملی جیسے بہنیں ملتی ہیں۔ سب بچے میرے ارد گرد ہو گئے۔ میں نے سب کو پیار کیا۔ میرے دل سے دنیا بھر کی دعائیں ان کے نام ہوتی گئیں۔ اخاہ میری بہن آئی ہوئی ہے! نور محمد نے اندر داخل ہوتے ہی کہا تو میں نے سر پر ڈوپٹہ اوڑھ لیا۔ ان نے میرے سر پر ہاتھ رکھا اور خیریت معلوم کی۔ میں چند دن رہ کر اپنے گھر چلی گئی کہ میری نند کی شادی کے دن مقرر ہونے تھے۔ شادی کے ہنگامے اور دعوتوں میں پتہ ہی نہیں چلا کہ وحید کی چھٹی ختم ہو گئی اور ہم ایک بار پھر ملک سے باہر چلے گئے وحید کو کو ایک دوسری کمپنی میں اچھی تنخواہ پر کام مل گیا یوں مجھے مسلسل چار سال باہر رہنا پڑا بیٹا تین سال کا ہوا تو میری گود میں بیٹی آ گئی۔ وحید کی خوشی دیدنی تھی۔ ایک دن وحید دفتر سے لوٹا تو میں نے اس کے چہرے پر سوگواری سی محسوس کی۔ اس نے بیٹے کو پیار کیا اور بہت دیر بیٹی کو اٹھائے خاموش بیٹھا رہا حتی کہ وہ رو پڑی۔

آپ کی طبیعت تو ٹھیک ہے ناں! میں نے بیٹی کو تھپتھپاتے ہوئے پوچھا۔ ہاں ٹھیک ہے ایک کپ چائے بنا دو میں نے بیٹی پھر اس کی گود میں دے دی اور کچن میں چلی گئی لیکن سوچ رہی تھی وحید اس وقت چائے نہیں پیتے۔ آپ مجھ سے کچھ چھپا رہے ہیں۔ میں نے چائے میز پر رکھ کر وحید کی آنکھوں میں دیکھا۔

ہاں نور محمد کا خط آیا ہے! وحید نے ہاتھ میں پکڑا کپ میز پر رکھ دیا کیا لکھا ہے بھائی نے میں بے قرار ہو اٹھی تھی۔

بڑی اماں چل بسیں مجھے افسوس ہے نسرین مرحومہ نیک خاتون تھیں! وہ کہہ کر

خموش ہو گئے میں وحید کے پاس ہی بیٹھ گئی میرا دل بھر آیا اور ہچکیاں لے کر رونے لگی بڑی اماں میری محسنہ تھیں جن کے طفیل میں بھرپور زندگی گزار رہی تھی مجھے یوں لگا جیسے میری اپنی ماں دنیا سے اٹھ گئی ہو۔ چند دن بعد میں نے وحید سے واپس وطن چلنے کی خواہش ظاہر کی لیکن انہوں نے یہ کہہ کر مجھے سمجھایا کہ زندگی میں ایساموقع بار بار نہیں ملتا میں چاہتا ہوں کہ واپس جا کر کسی کا دست نگر نہ ہونا پڑے ان کی بات میری سمجھ میں آ گئی تھی میں خاموش ہو رہی۔ مزید دو سال گزر گئے اور بچوں کی تعلیم کا مرحلہ سر پر آ گیا تھا۔ وحید نے واپسی کا ارادہ کیا اور ہم وطن لوٹ آئے۔ بچوں کو سکول داخل کرنے کے بعد وحید نے اپنے ذاتی کاروبار کا آغاز کر دیا تھا۔ وقت تیزی سے گزرایا آہستہ اس کا اندازہ مجھے نہیں ہو سکا البتہ میرا بیٹا کالج کے پہلے سال میں پڑھ رہا ہے اور بیٹی ساتویں جماعت میں۔۔۔۔۔۔۔۔۔

امی آپ کا نام نسرین نہیں ہونا چاہیے! بیٹے نے کالج سے آکر کتابیں شیلف میں رکھنے کے بعد میری طرف غور سے دیکھا۔

کیوں بیٹا ہزاروں لوگوں کا ایک ہی نام ہوتا ہے میں نے پیار سے اس کے سر پر ہاتھ پھیرا۔

آپ ہزاروں کی نہیں صرف میری امی ہیں اور میں اپنی امی کا نام کسی ایسی جگہ نہیں دیکھنا چاہتا جو مجھے پسند نہ ہو! وہ یقیناً کسی الجھن میں پھنسا ہوا تھا۔

جب تک تم کھل کر بانہیں کرو گے میری سمجھ میں کچھ نہیں آئے گا! میں بیٹے کے پاس جا کر بیٹھ گئی تھی۔ ہمارے کالج کے گیٹ کے ساتھ فٹ پاتھ پر ایک پاگل آدمی لیٹا یا بیٹھا رہتا ہے کالج کے اکثر لڑکے اس کے پاس جاتے ہیں۔ وہ صرف ایک بات کرتا ہے تم

"ایسانا کرنا" اس کے سر اور داڑھی کے بالوں میں گھاس کے تنکے اٹکے ہوئے ہیں۔ اس کی آنکھیں بڑی لیکن وحشت زدہ ہیں۔ لگتا ہے کبھی خوبصورت جوان رہا ہو گا آج میں بھی دوستوں کے ساتھ اس کے پاس گیا تھا۔ اس نے ہم سے بھی "تم ایسانہ کرنا" کہا۔ اچانک میری نظر اس کے دائیں بازو پر پڑی جس پر نسرین کھدوایا گیا تھا۔ پتہ نہیں مجھے کیوں لگا کہ جیسے یہ آپ ہی کا نام ہو۔ میرا جی چاہا آگے بڑھ کر اس کا بازو کھرچ ڈالوں۔

ہیرو نچی ہے یار چھوڑو میرے ایک دوست نے کہا۔

نہیں اوئے یہ تو نسرین کے عشق میں پاگل ہوا ہے! دوسرے نے تبصرہ کیا۔ مجھے یوں لگا کیسے اس نے میری چھاتی میں گھونسامار دیا ہو۔ چلہ چلیں میں تمام دوستوں کو لے کر اس لیے ہٹ گیا تھا مبادا تیسرا کوئی ایسی بات کہہ دے جو مجھ سے برداشت نہ ہو پائے! بیٹے نے مجھ پر اپنی الجھن واضح کر دی تھی۔

بیٹا وہ پاگل آدمی جانے کون ہے کہاں سے آیا ہے کہاں چلا جائے گا اور وہ نسرین جانے کون ہے جس کا نام اس کے بازو پر لکھا ہے؟ میرا بیٹا تم مطمئن ہو جاؤ! کہنے کو میں نے بیٹے سے کہہ دیا لیکن میری سوچوں نے الٹے قدم سفر شروع کر دیا اور مجھے اس مکان تک لے گئیں جس سے میں ہمیشہ کے لیے نکل آئی تھی اور پھر ایک آواز کی بازگشت میری سماعت سے ٹکرانے لگی۔

"نسرین تمہیں میرے پیار کا واسطہ ہے میں مر جاؤں گا، میں اکیلا ہو جاؤں گا، میں پاگل ہو جاؤں گا" یہ آواز جیسے میرے سینے میں سوراخ کرنے لگی تھی۔ بیٹا یونیفارم بدلنے چلا گیا اور میں اکیلی رہ گئی۔ ماضی کے لمحے قطار در قطار میرے ذہن سے گزرنے لگے اور میں نے ارادہ کر لیا تھا کہ اس پاگل شخص کو دیکھوں گی۔ میرے گھر سے کالج کا رکشا سے

پندرہ منٹ کا سفر تھا لیکن چند دن میں گھریلو مصروفیات کی وجہ سے آنے جانے کے لیے آدھ گھنٹے نہ نکال سکی اور پھر وحید کا دفتر بھی کالج کے قریب تھا۔ وہ اگر مجھے وہاں گھومتے دیکھ کر پوچھ لیتے تو میں کیا جواب دیتی۔۔۔۔۔ پھر ایک دن میرا بیٹا کالج سے لوٹا تو اداس ہو رہا تھا۔

تمہاری طبیعت تو ٹھیک ہے نا! میں نے بیٹے سے اداسی کا سبب پوچھ لیا۔

ہاں امی ایک حادثہ دیکھ کر آ رہا ہوں اس لیے دل بوجھل سا ہے! اس نے کہا اور کرسی کے ساتھ ٹیک لگاتے ہوئے اپنا چہرہ دونوں ہاتھوں سے ڈھانپ لیا۔

کیسا حادثہ! میں نے بیٹے کو اپنی طرف متوجہ کرنا چاہا۔

آج اس پاگل کو ایک گاڑی نے بری طرح کچل دیا اور وہ موقع پر ہی جان سے گزر گیا۔ بہت سارے لوگ جائے حادثہ پر اکٹھے ہو گئے تھے۔ میں بھی وہاں پر موجود تھا۔ پولیس بھی موقع پر پہنچ گئی تھی۔ متوفی کی جیب سے دو چیزیں برآمد ہوئیں۔ ایک اس کا شناختی کارڈ جس پر اس کا نام اقبال احمد تھا اور دوسری اس عورت کی تصویر جس کا نام اس کے بازو پر لکھا تھا۔

امی آپ جانتی ہیں اقبال کی جیب میں کسی نسرین کی تصویر تھی! اس نے اچانک مجھ سے پوچھ لیا۔

نن... نہیں میں کسی نسرین کو نہیں جانتی! اقبال کا نام سن کر مجھ پر بوکھلاہٹ طاری ہو گئی تھی۔

وہ تصویر آپ کی تھی امی! بیٹے نے میری آنکھوں میں جھانکنا چاہا لیکن میں نے اپنی نظریں قالین پر بکھیر دی تھیں۔

"میں مر جاؤں گا نسرین۔"

"تمہارے مر جانے سے میں بیوہ نہیں ہو جاؤں گی۔"

جانے کہاں سے آنکھوں میں باڑ آ گئی۔۔۔۔ سب کچھ دھندلا گیا۔ جی چاہا سینہ پیٹ لوں، بال نوچ لوں، لیکن کیوں، کس رشتے سے اس سوال کا میرے پاس کوئی جواب نہیں ہے لیکن پتہ نہیں کیوں سفید آنچل میرے لباس کا حصہ ہو کر رہ گیا ہے۔

***